La rebelle des sables

HEIDI RICE

La rebelle des sables

Traduction française de
SANDRINE JEHANNO

AZUR
HARLEQUIN

Collection : Azur

Titre original :
STOLEN FOR HIS DESERT THRONE

HARPERCOLLINS FRANCE
83-85, boulevard Vincent-Auriol, 75646 PARIS CEDEX 13
Service Lectrices — Tél. : 01 45 82 47 47 - www.harlequin.fr
ISBN 978-2-2804-9574-5 — ISSN 0993-4448

Composé et édité par HarperCollins France.
Imprimé en novembre 2023 par CPI Black Print (Barcelone)
en utilisant 100% d'électricité renouvelable.
Dépôt légal : décembre 2023.

FSC
www.fsc.org
MIXTE
Papier issu de sources responsables
FSC® C159065

Pour limiter l'empreinte environnementale de ses livres, HarperCollins France s'engage à n'utiliser que du papier fabriqué à partir de bois provenant de forêts gérées durablement et de manière responsable.

1

Derrière les hauts murs d'enceinte en pierre des écuries et de l'hippodrome, les minarets du somptueux palais royal du cheikh Zane Ali Nawari Khan scintillaient de mille feux dans la lumière du matin. Les drapeaux des différentes nations participant au concours hippique annuel de Narabie flottaient dans le vent alors que les pur-sang rejoignaient peu à peu la ligne de départ de la première course.

Debout dans le paddock, Kamal Zokan, futur souverain des terres tribales de Zokar, fronça les sourcils, posant un regard absent sur l'effervescence qui régnait sur le champ de courses.

Il ne parvenait pas à se sortir de la tête les paroles d'Uttram Aziz.

« C'est écrit dans les textes, Kamal. Vous n'ignoreriez rien de nos lois si vous étiez du sérail. Vous devez avoir une épouse à votre bras pour la cérémonie du couronnement, qui doit avoir lieu le mois prochain, ou vous ne pourrez pas prétendre au trône. »

Maudit Uttram Aziz. Qu'il aille au diable, avec ses pauvres tentatives de déstabilisation. Cela ne m'empêchera pas de revendiquer le trône qui me revient de droit.

Sa gorge se serra sous l'assaut de la frustration et du ressentiment qu'il tentait de contenir depuis leur réunion de la veille.

L'homme ne ratait pas une occasion pour lui renvoyer à la figure ses origines comme s'il en tirait un plaisir pervers. Oui, il était un orphelin, parti de rien, mais il avait fait son chemin. D'abord au sein de l'armée en devenant le plus jeune colonel de l'armée de Zokar. Il avait ensuite fait fortune en investissant dans l'industrie du minerai encore balbutiante dans le pays.

Deux mois plus tôt, l'ancien cheikh, sentant son heure arrivée et sans descendance directe, l'avait désigné pour lui succéder.

Il n'était pas naïf. Ses ressources financières n'étaient pas étrangères à la décision du vieux dirigeant de lui confier la destinée de son royaume. Il avait hésité, avant d'accepter cette charge, et depuis Aziz et ses partisans n'avaient cessé de lui mettre des bâtons dans les roues. Ce dernier ultimatum l'avait juste frustré un peu plus. Où était-il allé chercher ça ?

Comment était-il censé se dégoter une épouse dans un événement annuel organisé par Khan où il se sentait aussi à l'aise qu'un poisson hors de l'eau. Et pas n'importe quelle femme. « Une épouse de sang royal pour compenser votre manque d'éducation et de sophistication… », lui avait lancé Aziz, perfide.

Tu parles !

C'était l'intelligence politique et l'ambition pour son peuple et son pays qui faisaient un dirigeant fort et un bon souverain. Et de l'ambition, il en avait à revendre : obtenir les investissements nécessaires pour moderniser les infrastructures de Zokar et faire entrer le royaume dans le XXIe siècle. Il avait déjà injecté beaucoup d'argent sur ses fonds propres à cette fin. Cela avait dû échapper aux membres les plus conservateurs de l'élite dirigeante – dont Aziz se faisait le porte-parole. Qu'allait-il inventer après le coup de l'épouse ? Quel serait le prochain cerceau en feu qu'il allait lui demander de franchir ?

Il leva les yeux vers la tribune royale où se trouvaient le cheikh Khan et son frère le prince Raif de la tribu des Kholadis, ainsi que leurs familles respectives, et plusieurs chefs locaux. Il avait réussi à leur fausser compagnie et avait rejoint ses hommes pour suivre les courses des écuries – c'était là qu'il se sentait vraiment à l'aise.

Il avait le plus grand respect pour le cheikh Zane Khan. L'homme avait travaillé dur pour développer son royaume après le règne brutal de son père et y avait magistralement réussi.

Dès l'annonce de son prochain couronnement, Khan lui avait apporté son soutien. Ça lui coûtait de l'admettre, mais cette approbation lui était nécessaire pour s'imposer définitivement et arrondir les angles avec les anciens des tribus de Zokar. À son grand soulagement, ni Khan ni son frère Raif ne semblaient l'avoir reconnu.

Ils s'étaient pourtant croisés quinze ans plus tôt, et le souvenir était marqué au fer rouge dans sa mémoire comme si c'était arrivé hier. Il n'était alors qu'un adolescent, livré à lui-même et manquant de tout. Il assurait le service lors d'une réception organisée en l'honneur du cheikh Khan et de son entourage en visite officielle à Zokar. Il traînait, s'attardait pour débarrasser les assiettes, écoutant les conversations, fasciné par la fierté qui faisait vibrer la voix puissante de Khan quand ce dernier présentait son héritière – sa fille de cinq ans, la princesse Kaliah – aux anciens de Zokar.

Un peu trop fasciné... l'oreille tournée vers les discussions, il n'avait pas vu le coussin par terre et avait trébuché dessus. Les assiettes en porcelaine qu'il portait lui avaient échappé des mains, s'écrasant au sol dans un grand fracas.

Il frémit au souvenir de tous les yeux qui s'étaient tournés vers lui. Il était entré en collision avec le regard d'un bleu saisissant de la princesse Kaliah Khan. Il avait lu de la pitié. Il ramassait les morceaux brisés, mort de honte, quand son employeur Hamid avait surgi. L'homme s'était excusé mielleusement auprès des invités, avant de défaire sa ceinture pour le corriger.

La lanière de cuir lui avait cinglé le dos, déchirant la peau et les blessures de la dernière correction qui n'avaient pas encore eu le temps de se refermer. Il avait ravalé un gémissement de douleur. L'humiliation avait été bien plus douloureuse quand il avait entendu l'enfant chérie supplier son père : « Papa, fais quelque chose pour le pauvre serviteur. Le méchant bonhomme n'a pas le droit de lui faire du mal. »

Khan était intervenu et Hamid avait été sanctionné. Mais la honte ressentie ce jour-là continuait de le hanter. Il avait failli renoncer à être présent à ce grand événement. C'était déjà difficile de se sentir moralement redevable, pour ne pas y rajouter l'humiliation si Khan devait reconnaître le gamin des rues affamé et maltraité.

Il avait conscience qu'il y avait peu de risques. Il avait changé physiquement en quinze ans. Il avait vingt-neuf ans – se sentait bien plus vieux parfois – et avoisinait le mètre quatre-vingt-dix. Au moins, la princesse n'était pas présente dans la loge royale. Quel âge devait-elle avoir ? Vingt ans ?

L'air frais du soir lui balaya la joue, le ramenant à la réalité. Une clameur de plus en plus enthousiaste s'éleva des tribunes quand les chevaux se placèrent sur la ligne de départ. Il reprit son souffle, fit le calme en lui. La douleur et la rage avaient été des compagnes depuis l'enfance, mais il ne s'était jamais laissé contrôler. Il s'en était plutôt servi comme d'une force. Il ne renonçait jamais, ne baissait jamais les bras, avant d'avoir obtenu ce qu'il voulait… comme rentrer à Zokar avec une épouse et monter sur le trône.

— Prince Kamal, la course royale va commencer.

Kamal se tourna vers la voix qui venait de l'interpeller. Un des nombreux conseillers de Khan se tenait devant lui. Un sourire aimable fendait son visage parcheminé.

— Sa Majesté et son épouse, la souveraine Catherine, aimeraient que vous les rejoigniez dans la tribune royale.

— Je vais plutôt la suivre d'ici, merci.

Il pouvait chercher à gagner du temps, mais il lui faudrait quand même se rendre à la réception, ce soir. Khan et sa femme s'étaient d'emblée montrés accueillants, et étonnamment naturels, mais il n'était pas fait pour les mondanités. Il ne savait pas faire et il n'avait pas l'intention de changer.

— Bien sûr, à votre convenance, Votre Altesse, dit l'homme en inclinant brièvement la tête, avant de tourner les talons.

Kamal le regardait disparaître dans la foule, quand des cris emplirent l'air. Il tourna machinalement la tête vers l'enclos, fronça les sourcils en voyant un cheval et son cavalier en sortir et s'élancer vers la ligne de départ. Le cheval dont la robe noire semblait briller de son propre feu sous les projecteurs était d'un petit gabarit... une jument. Le jockey était incroyablement fin et élancé, songea-t-il sans quitter des yeux ce duo gracieux en totale osmose.

La jument galopait vers la ligne de départ quand le coup de feu de départ retentit. La déflagration se répercuta en écho dans l'air et, comme touché par une vibration, l'animal bondit en avant, les muscles tendus, tout en puissance, dans la roue du peloton groupé. Le jockey était couché bas sur le col de sa puissante monture, semblant alors ne faire plus qu'un avec lui.

Il n'y avait pas à dire, le retardataire s'y entendait pour attirer l'attention sur lui, à la plus grande joie des spectateurs. Il sentit un afflux d'adrénaline pulser dans ses veines. Les courses de chevaux ne l'avaient jamais beaucoup intéressé – il n'avait pas vraiment de temps pour les loisirs – mais il savait apprécier une course, et la beauté des chevaux. Un frisson d'excitation courut le long de son dos alors que le cheval et son cavalier négociaient le premier virage sans ralentir et prenaient tous les risques en serrant dangereusement la barrière pour remonter leurs concurrents.

Sur la ligne droite opposée, la jument remontait à la hauteur du peloton de tête. Dans la courbe de la piste, la casquette du jockey s'envola.

Son cerveau enregistra les longs cheveux noirs, et son regard s'arrêta sur la casaque plaquée contre le buste mince.

Une femme ? Mais qu'est-ce que... ?

En les regardant passer, Kamal eut un aperçu du visage altéré par la tension de la cavalière.

Les battements de son cœur se confondirent avec le martèlement des sabots. La panique l'envahit.

L'animal galopait à un rythme effréné, soulevant un nuage de poussière sur son passage. Contrôlait-elle encore sa jument ou se cramponnait-elle juste à l'animal ?

Quelle petite folle.

Kamal s'élança vers les écuries, et se dirigea vers le premier cheval sellé. Il se hissa sur la monture dans un mouvement fluide, ignorant les cris de protestation du garçon d'écurie qui ramenait l'animal vers sa stalle.

Il se saisit des rênes et le fit pivoter, l'engageant vers l'arène, sans se soucier des badauds qui s'écartaient spontanément sur son passage.

La jument sortait de la courbe, prête à avaler à nouveau la ligne droite au moment où il rejoignait la piste. Penchée bas sur le col de sa monture, la cavalière, les cheveux au vent, était concentrée, l'œil fixé sur la prochaine courbe du parcours. Elle était visiblement épuisée. L'adrénaline pulsa dans ses veines et une tension indéfinissable lui serra la poitrine. Il devait lui venir en aide, avant qu'elle ne se brise le cou.

Il talonna son cheval vers la piste en amont de la jument qui négociait le virage.

— Allez, ma belle, on y est presque.

On va gagner. Et ils vont tous voir de quoi je suis capable.

Arc-boutée sur sa monture, coudes serrés, Liah contracta ses muscles à l'approche de la courbe, ne faisant plus qu'un avec l'animal. Elle voulait cette victoire pour prouver à sa famille, aux élites et aux classes dirigeantes de Narabie, qu'elle tenait sa place dans un monde d'hommes.

Elle la voulait pour elle. Et non, elle n'était pas froide et coincée comme le disait Colin. Elle allait lui montrer qui elle était. Dire qu'elle s'était crue amoureuse !

L'excitation et l'adrénaline percutaient par vagues serrées son corps tendu à l'extrême. Enivrée par la vitesse et le danger, lancée à vive allure, elle avait la sensation d'échapper à la gravité terrestre. De voler. Elle aurait sans doute dû faire ralentir sa jument, mais il était trop tard maintenant – Ashreen était elle aussi galvanisée par le parfum de la victoire.

Elle repéra soudain un cavalier sur un étalon blanc immense entrer dans l'arène, sur sa droite, juste devant elle.

— Mais qu'est-ce… ? hoqueta-t-elle.

D'où est-ce qu'il sortait ? Et qu'est-ce qu'il faisait là ?

Le cheval apparut soudain à sa hauteur, galopant à sa vitesse. La silhouette qui le montait lui sembla plus imposante, plus sombre et menaçante qu'un… cavalier de l'Apocalypse.

— Poussez-vous de là ! hurla-t-elle.

Ses mots se perdirent dans le vent. Ses bras fatigués pesaient une tonne, et elle n'avait plus la force d'écarter Ashreen.

Sa jument, naseaux au vent et oreilles en pointe frémissantes, sentit l'autre animal, et pendant une fraction de seconde, Liah crut qu'elle allait se cabrer, mais contre toute attente, elle ralentit comme si elle aussi était intimidée.

— Non, Ashreen !

La ligne d'arrivée n'était qu'à quelques centaines de mètres, mais elle était bloquée, dans l'impossibilité de pousser sa monture. Elle risqua un coup d'œil sur le côté, enregistrant la sévérité des traits du cavalier et la tension qui se dégageait de son grand corps. On aurait dit qu'il était furieux…

Furieux ? Non, mais c'était le monde à l'envers !

— Lâchez les rênes, cria-t-il. Je vais vous soulever.

— Vous êtes tombé sur la tête ou quoi ?

Un avant-bras dur comme de la pierre s'enroula autour de sa taille et ses poumons expulsèrent brutalement tout l'air qu'ils contenaient. Elle lâcha instinctivement les rênes et se retrouva dans les airs, arrachée de sa selle comme une poupée de chiffon.

Il l'attira contre lui, et la fit basculer sur le ventre, en travers de sa selle. Elle poussa un cri, percevant le martèlement des sabots d'Ashreen qui poursuivait sa course sans elle vers le poteau d'arrivée. Un parfum épicé, mélange de musc et de savon, envahit ses narines. Elle sentit les cuisses musclées cogner contre son ventre alors que le cheval renâclait et se cabrait. Son cri se coinça dans sa gorge. L'homme reprit le contrôle du cheval.

D'une légère pression des genoux, il fit avancer le cheval. La main qu'il maintenait plaquée contre son dos l'empêchait de se redresser. Les pans de la tunique de l'homme venaient battre contre son visage tandis qu'ils traversaient la piste, revenant se positionner contre la barrière.

Les spectateurs se levèrent, crièrent et exultèrent, comme si ce qui venait de se passer faisait partie d'un spectacle savamment orchestré. Une vague de nausée lui souleva l'estomac. Son cerveau battait la campagne alors que l'adrénaline refluait, désertant son organisme.

Qu'est-ce qui venait de se passer ? Et qui était ce fou furieux qui l'avait stoppée dans sa course ? Tous les muscles de son corps lui faisaient mal, mais c'était surtout son amour-propre qui souffrait le plus à cet instant.

Elle vit le peloton de chevaux passer devant elle au moment où l'homme la redressait et l'installait en amazone sur ses genoux, de sorte qu'elle pouvait couler des regards vers son visage. Elle vit les sourcils sombres bien dessinés au-dessus d'une paire d'yeux mordorés pénétrants qui lui parurent étrangement familiers. Connaissait-elle cet homme ?

Ses traits ne lui disaient rien. Si elle l'avait déjà vu, elle s'en souviendrait ... Il était du genre qu'on n'oublie pas, songea-t-elle distraitement.

Il était très grand et tout en muscles. Elle distingua sous l'ombre d'une barbe une cicatrice qui lui barrait la joue gauche. Son visage tanné par le soleil et ses traits taillés à la serpe étaient très masculins, et même sévères.

Il n'était pas beau au sens conventionnel du terme... il était juste à couper le souffle.

Et follement sexy.

Ce qui lui faisait une belle jambe !

— Vous n'êtes pas blessée ?

La question la sortit de son état de sidération et elle se tortilla, tentant de repousser le bras qui l'enserrait.

— Non, je ne suis pas blessée.

Elle reprit son souffle en entendant sa propre voix proche du couinement.

— Et ce n'est pas grâce à vous, triple buse. Qu'est-ce qui vous est passé par la tête pour interrompre ma course et m'attraper comme ça ? Vous auriez pu nous briser le cou à tous les deux.

Il fronça les sourcils et ses iris mordorés parurent lancer des flammes.

— Je vous ai sauvé la vie, petite ingrate écervelée, rétorqua-t-il d'une voix pleine de morgue.

— Vous êtes... vous êtes en plein délire ? bredouilla-t-elle en écarquillant les yeux. J'étais sur le point de remporter la course.

— La jument était hors de contrôle. Et vous n'aviez pas la poigne pour la diriger.

Pas la poigne ? Pas la poigne !

Elle se crispa en percevant la petite note condescendante dans sa voix. Condescendance toute masculine contre laquelle elle s'était battue toute sa vie.

D'un geste impatient, elle écarta les cheveux qui lui tombaient devant les yeux.

— Oh ! Je vois, vous vous êtes dit : « Tiens si je venais en aide à la pauvre demoiselle en détresse ! » Sauf que je ne suis pas en détresse et que je ne vous ai rien demandé !

Elle l'incendia du regard.

Ce qui ne sembla lui faire ni chaud ni froid. Il ne cilla même pas, avant de rétorquer :

— Ah parce que vous êtes une fille ? Difficile à dire au premier coup d'œil. Entre les vêtements et les réactions de garçon manqué.

Non, mais quel culot ! Elle était tellement hors d'elle qu'elle avait l'impression que de la fumée allait sortir de ses narines. Comme elle aurait aimé lui rabattre son caquet et effacer le petit air arrogant de son visage.

Ça la démangeait, mais elle n'avait jamais frappé personne de sa vie et elle n'allait pas commencer maintenant ! En plus, elle pourrait se casser les doigts sur sa mâchoire carrée.

Liah détourna les yeux, rompant en premier le contact visuel, et sentit ses joues virer au rouge en voyant son père avancer dans sa direction. Sa mère, Catherine, le suivait, la mine soucieuse. Elle jeta des petits coups d'œil rapides autour d'elle, prenant conscience qu'ils étaient au centre de l'attention. La petite scène avec l'homme qui la tenait sur ses genoux n'avait échappé à personne.

Formidable. Comment perdre toute sa crédibilité en un claquement de doigts.

— Laissez-moi descendre, siffla-t-elle entre ses dents en tentant de se dégager de son bras qui la serrait comme un étau.

Il n'était pas question d'affronter le courroux paternel

dans cette position. Cet homme sorti de nulle part l'avait suffisamment ridiculisée comme ça. Mais il ne semblait pas l'entendre de cette oreille parce qu'il accentua la pression de son bras, la maintenant en place avec une facilité embarrassante.

Se débattre ne ferait qu'aggraver les choses. Coincée sur le cheval de cet inconnu, elle regarda avec impuissance son père approcher. Elle remarqua le muscle à l'angle de sa mâchoire qui tressautait comme un métronome devenu fou - cela n'augurait rien de bon. Elle espérait juste qu'il n'allait pas briser sa règle d'or en lui faisant une remontrance en public.

Sa mère effleura le bras de son père et lui murmura quelques mots qu'elle n'entendit pas, mais qui le calmèrent. C'était la seule qui avait cet effet apaisant sur lui. Liah sentit l'air circuler à nouveau dans ses poumons, frissonnant malgré elle sous le regard paternel, avant qu'il ne s'adresse à l'homme dans son dos.

— Prince Kamal, ma femme et moi-même tenons à vous remercier d'avoir secouru notre fille.

Un prince ? Ce type était un prince ? Non, sérieux ? Un prince de quoi ? Il avait toutes les manières d'un bandit de grand chemin.

— Il ne m'a pas secourue…

Son père leva une main lui intimant le silence.

— S'il te plaît, Kaliah, va te préparer pour la réception de ce soir, dit-il d'un ton qui venait de virer glacial. Et nous discuterons de… tout ça, plus tard.

En d'autres termes : file au palais avant que je ne réponde plus de moi.

Elle aurait voulu se défendre, plaider sa cause. Sans cet empêcheur de tourner en rond, elle aurait remporté la course et son père aurait compris sa prise de risque. À cause de lui, elle passait juste pour une casse-cou irresponsable.

— D'accord, parvint-elle à articuler. Dès qu'il m'aura lâchée pour que je puisse descendre de son cheval.

— Il suffit de le demander, Votre Majesté.

Elle surprit le petit sourire en coin et la lueur amusée qui dansait dans le regard mordoré du prince bandit.

L'indignation lui coupa le souffle et l'aveugla un bref instant. Le malotru. En fait, cette situation l'amusait. Il prenait du plaisir à la faire passer pour une idiote devant ses parents et tous leurs sujets.

Elle ne rentrerait pas dans son jeu. Ils s'étaient déjà assez donnés en spectacle, et elle allait prendre sur elle et agir en personne responsable quitte à en mourir… ce qui pourrait bien se produire tant sa colère était en train de l'étouffer.

— S'il vous plaît, Prince Kamal, dit-elle, en battant des cils et en jouant à la parfaite petite idiote pour laquelle il semblait la prendre. Pourriez-vous me laisser poser les pieds par terre ?

Avant que je ne vous boxe les oreilles et le nez.

Il la regarda, les yeux rieurs. Une chaleur délicieuse mêlée de picotements courut sur sa peau, trouvant un étrange écho dans son ventre et entre ses cuisses. Elle frissonna involontairement, un peu trop consciente du contact de ses cuisses sous ses fesses.

L'effet que cet homme lui faisait n'avait aucun sens. Elle venait de le rencontrer et il l'insupportait déjà !

Elle sentit la pression de son bras autour de sa taille se relâcher et elle se laissa glisser à terre sur le flanc de l'animal, avec autant de dignité que possible vu la situation et ses jambes flageolantes, sous les regards désapprobateurs autour d'elle, dont celui de son père.

Elle releva le menton, affichant une assurance qu'elle était loin de ressentir et prit la direction du palais. À mesure qu'elle avançait dans la foule qui s'écartait pour la laisser passer, elle sentit une brûlure irradier entre ses omoplates. Le sourire en coin du prince Kamal s'imprima dans son esprit.

Bon sang, c'était ridicule !

Elle se mordit la lèvre jusqu'au sang. Ce n'était plus une marche de la honte, mais une descente aux enfers !

2

— Papa, tu n'es pas sérieux ? Cet homme est arrogant, il est sexiste... Il nous a purement privés Ashreen et moi de la victoire pour laquelle on s'entraîne toutes les deux depuis des mois. Je n'ai aucune envie de le voir et encore moins de passer du temps en sa compagnie.

Elle n'allait quand même pas le supplier.

Elle n'avait pas mérité une telle punition. Quelle mouche piquait son père ? Ça ne lui ressemblait pas d'être si injuste. Elle préférait mourir plutôt que de servir de chaperon au prince Kamal toute la soirée. Il allait être insupportable et s'ingénier à lui rendre la vie infernale et à la faire enrager.

Son père releva la tête de son bureau, plissa les yeux.

— Et c'est justement pour ça que tu vas l'aider à prendre ses marques, dit-il d'une voix ferme.

— Mais je...

— Il n'est pas question de toi, Liah, la coupa-t-il. C'est la première visite officielle du prince Kamal. Je ne l'ai pas trouvé à l'aise dans la tribune royale. Il sera bientôt couronné roi de Zokar, royaume voisin de Narabie, et ses origines ne l'ont pas préparé à des réceptions comme celle de ce soir.

Quelles origines ? Elle écarta mentalement la question. Ça ne l'intéressait pas et elle s'en fichait.

— En tant que princesse royale, et première dans l'ordre de succession, tu te dois d'apaiser les relations.

La déception dans la voix de son père lui noua le ventre et réveilla ses doutes et ses peurs les plus intimes.

Son père était un souverain aimé et respecté. Il avait consacré sa vie à Narabie. Toute son enfance, elle avait vu ses parents œuvrer sans relâche au bien-être de la population, offrir à tous un accès à l'éducation et à la santé, chercher à faire évoluer les mentalités. À commencer par leur décision de faire de leur première-née, la première dans l'ordre de succession au trône, sans attendre d'avoir un fils. Mais comment leur faire comprendre à tous les deux, eux qui avaient une foi inébranlable en elle, qu'elle ne se sentait pas toujours à la hauteur ?

Sa plus grande peur était de les décevoir. De laisser tomber son pays. Elle était en accord avec ses parents : une femme était tout aussi capable qu'un homme de régner. Elle se demandait juste si elle était cette femme.

Ses parents les avaient élevés, ses frères et elle, comme ils avaient dirigé le royaume de Narabie : dans le respect, l'écoute, l'échange et le consentement. Ils l'avaient accompagnée au mieux, la laissant pendant l'adolescence passer ses étés à Kildare, dans le haras d'Orla et de ses cousins, puis l'avaient autorisée à étudier aux États-Unis et au Royaume-Uni quand elle le leur avait demandé.

Elle soupira.

Elle était victime de son caractère impulsif et impétueux et elle avait du mal à aller à l'encontre de sa nature.

— D'accord, je vais m'y employer, lâcha-t-elle du bout des lèvres. Mais je le fais pour toi, et parce que tu me le demandes. Je continue à penser que le prince Kamal est un idiot et que je n'avais pas besoin de son aide.

— Je sais.

L'ébauche d'un sourire éclaira son visage, fendant le masque sévère. Ce fut bref, mais elle sentit le poids qui lui écrasait la poitrine s'envoler. Elle avait conscience qu'elle l'exaspérait très souvent. En fait, ils s'exaspéraient l'un l'autre, probablement parce qu'ils se ressemblaient. Mais elle savait aussi qu'il l'aimait, d'un amour inconditionnel, et que cela ne changerait jamais.

— Tu es une merveilleuse cavalière, Liah. Et si nous avions su, ta mère et moi, que tu t'entraînais avec ton cheval depuis ton retour de la fac, nous n'aurions pas perdu sept ans d'espérance de vie en te regardant galoper à bride abattue…

Il passa une main dans ses épais cheveux noirs. Ses tempes légèrement grisonnantes lui donnaient un air plus sophistiqué et ajoutaient à son charme.

— Mais si tu me refais ça, je te consigne dans ta chambre pour le reste de ta vie.

— Compris, dit-elle avec un gloussement. Je te promets d'être une hôtesse irréprochable ce soir pour le prince Kamal.

Alias le prince voleur de victoires.

— Et je ferai de mon mieux pour ne pas lui dire ma façon de penser ! ajouta-t-elle, en se retenant de croiser les doigts dans son dos.

Parce que en toute honnêteté cela allait lui demander des trésors de patience qu'elle n'était pas sûre d'avoir.

Kamal entendit le coup à la porte et pesta à voix basse, le regard sur les pans de son nœud papillon noir qui pendaient de chaque côté du col de sa chemise. Il s'agissait probablement d'un employé de maison de Khan venu le chercher pour le guider jusqu'à la salle de réception.

Où il n'avait pas plus envie d'aller que de se pendre.

Le pantalon de smoking noir et la chemise blanche étaient parfaitement ajustés, mais il se sentait emprunté et cela renforçait son sentiment de ne pas être à sa place. Il n'était pas habitué à porter des tenues habillées et il préférait de loin les tuniques amples et flottantes qu'il portait dans le désert pour se protéger du soleil. Il allait devoir pourtant se faire une raison quand il serait en Europe pour sa tournée diplomatique, avant son couronnement. En supposant qu'il ait trouvé l'épouse.

Il se rembrunit en voyant son reflet dans le miroir. Maudit nœud papillon. Il s'habillait toujours seul et il avait décliné la proposition de l'épouse de Zane Khan qui lui avait proposé les services d'un de ses valets de chambre. L'idée lui avait paru absurde, mais avec le recul, il regrettait.

Nouveau coup à la porte.

Il traversa la suite jusqu'à la porte, les nerfs à fleur de peau.

Il ouvrit le lourd battant en bois de chêne.

— Oui ?

Le désir qu'il ressentait depuis que la princesse Kaliah s'était tortillée sur ses genoux, se concentra soudain au creux de ses reins avec une intensité qui le surprit.

Elle ! Disparue la tenue de jockey. Elle était vêtue d'une robe en satin rouge éblouissante qui retombait souplement autour de ses chevilles avec une fente sur le côté qui dévoilait une jambe élancée et un décolleté audacieux qui laissait deviner une poitrine menue avec des bretelles en strass qui lui parurent assez fragiles pour se rompre à tout instant. Il la contempla, de ses cheveux relevés en un chignon élaboré d'où s'échappaient quelques boucles jusqu'à ses ongles de pied vernis dans ses sandales à talons hauts.

Elle se racla la gorge. Il releva la tête et croisa son regard. Ses yeux étaient bordés d'une couleur charbonneuse pailletée qui faisait ressortir ses iris bleu saphir. Un soupçon de gloss faisait briller ses lèvres pleines qui semblaient faites pour le baiser.

— Prince Kamal, je présume ?

Elle avait le souffle court et il savait exactement ce qu'elle ressentait. Il ne s'attendait pas non plus à la voir derrière la porte, dans cette robe féminine et terriblement sexy.

— Qu'est-ce que vous voulez ? lâcha-t-il d'un ton plus sec qu'il ne l'avait voulu.

Pourquoi se mettait-il sur la défensive ?

Il ne put s'empêcher de laisser courir à nouveau son regard sur sa silhouette de rêve. Audacieuse, téméraire et bien trop sûre d'elle, Kaliah Khan était pleinement consciente de sa séduction et de l'effet qu'elle produisait.

— Mon père m'a demandé de vous accompagner jusqu'à la réception et de vous présenter aux invités, dit-elle d'une voix rauque.

Elle était donc là en mission commandée, à la demande de son père. Pourquoi était-il étonné ? Après son intervention dans sa course, elle n'avait sans nul doute aucune envie de lui tenir compagnie. Il ne savait pas trop quelle mouche l'avait piqué, pour l'avoir ainsi provoquée, mais il avait réussi à l'énerver au-delà de ses espérances.

Il la revit quitter l'arène, et s'éloigner vers le palais, d'une démarche chaloupée. Il avait été incapable de détacher les yeux de ses fesses. Ce qui était problématique.

Un peu trop problématique, songea-t-il en sentant son sang affluer douloureusement en dessous de sa ceinture.

Bon sang ! Il était à moitié en érection.

Elle l'observait, le poing sur la hanche, faisant dangereusement s'ouvrir son décolleté.

Kaliah Khan, avec sa beauté insolente, était une distraction dont il n'avait pas besoin.

— Il a demandé ou exigé ?

— Il ne m'a pas vraiment laissé le choix, si vous voulez tout savoir. Mais je souhaite passer par-dessus cet incident navrant et repartir sur des bases saines, répliqua-t-elle avec une honnêteté brutale qui lui plut et força son respect.

Elle prenait visiblement sur elle, mais la flamme qui dansait dans ses prunelles d'un bleu profond trahissait un tempérament de feu.

— Je peux vous être utile, ce soir. Mon père dit que vous ne connaissez personne et que ce genre de réception, c'est un peu nouveau pour vous.

— Dites à Sa Majesté que j'apprécie l'intention, déclara-t-il d'une voix qui disait le contraire. Mais je peux me passer de l'aide de quelqu'un qui me prend de haut.

Elle n'allait pas le mener par le bout du nez, d'autant qu'il n'était pas d'humeur et ce fichu nœud papillon avait déjà éprouvé sa patience !

Il se recula, s'apprêtant à lui refermer la porte au nez quand il sentit une résistance. Son regard tomba sur sa main qu'elle avait plaquée contre le battant.

— Attendez, qu'est-ce qui vous donne l'impression que je vous prends de haut ? se récria-t-elle en écarquillant les yeux.

Le fait que tu es née du bon côté de la barrière. Que du sang bleu coule dans tes veines et que moi je ne suis rien.

Il s'appuya contre le montant de la porte et, croisant les bras sur son torse, fit taire la voix du petit gamin en lui.

— N'est-ce pas le cas ? lança-t-il, histoire de reprendre la main. Vous ne m'avez pas parlé avec beaucoup de respect lors de notre rencontre.

Contre toute attente, il vit un pli se creuser entre ses sourcils et son regard s'adoucir.

— Pour ma défense, vous ne m'avez pas non plus témoigné beaucoup de respect. Et puis, je reconnais que je vous ai détesté, ajouta-t-elle sans lui laisser le temps de réagir. Vous avez gâché ma course et ruiné des heures de préparation. Je ne vous avais rien demandé. Si je vous ai donné l'impression d'être en colère pour une autre raison, je suis désolée. Je ne me sens supérieure à personne et si mon père était là, il vous dirait la même chose.

Il se redressa, déconcerté par l'accent de sincérité dans sa voix.

Était-elle en train de lui jouer la comédie ?

N'empêche… C'était bien la première fois qu'une personne de son statut faisait amende honorable. Il se ressaisit et étouffa la chaleur douce qui se déployait dans sa poitrine. Il n'y avait pas de place dans sa vie pour la sensiblerie et il n'attendait plus les excuses. Il ne se souciait d'ailleurs plus de ce qu'on pensait de lui depuis belle lurette.

— Est-ce que vous savez comment ça s'attache ? demanda-t-il en tirant sur son nœud papillon défait. Vous me tirez d'embarras et on est quittes !

Elle hocha simplement la tête, avant de passer devant lui d'une démarche gracieuse dans un bruissement d'étoffe. Une bouffée de parfum s'insinua en lui, éveillant tous ses sens. Elle entra dans la suite, lui offrant une vue troublante sur son dos nu. La fichue robe plongeait jusqu'au creux de ses reins. Son regard s'attarda encore une fois sur ses fesses aussi attirantes que deux prunes prêtes à être cueillies.

Elle pivota vers lui, légèrement rougissante.

— Vous devriez fermer la porte, dit-elle, sans avoir la moindre idée de l'effet que ses mots avaient sur son entrejambe. Je l'ai quelquefois fait pour mes petits frères, alors sans être une experte, je me débrouille.

Il s'exécuta malgré toutes les sirènes d'alarme qui résonnaient dans un recoin de son esprit.

— Qu'est-ce que vous faites ? dit-il, la voix éraillée alors qu'elle se mettait sur la pointe des pieds pour se saisir des pans du nœud papillon.

Tout son corps se tendit. Bon sang, à quoi jouait-elle ? Cherchait-elle à lui faire perdre toute contenance ?

Elle était si proche qu'il sentait le bas de sa robe le frôler, et la découpe audacieuse de son décolleté lui laissait deviner le renflement de ses seins sur les côtés. Ils semblaient prêts à s'échapper du tissu au moindre mouvement. Portait-elle même un soutien-gorge ?

Elle le regarda, circonspecte, et recula. Une rougeur monta à ses joues.

— Vous pensiez quoi ? Que je vous sautais dessus ?

Liah regretta ses mots à l'instant où ils franchirent ses lèvres.

Ne pouvait-elle pas tourner sa langue sept fois dans sa bouche avant de parler ? Et qu'est-ce qui lui était passé par la tête pour entrer comme ça dans la suite de cet homme qu'elle venait de rencontrer ? Elle balaya du regard le grand salon somptueusement meublé, prenant soudain conscience d'être seule avec lui, et la situation lui apparut soudain très... dangereuse.

Elle recula machinalement d'un pas.

À l'instant où il avait ouvert sa porte, elle avait été submergée par l'intensité sombre de son regard et la chaleur émanant de son corps. Et quand elle était nerveuse, elle se mettait à parler à tort et à travers.

Elle ne s'attendait pas à ce qu'il lui ouvre lui-même la porte et elle était encore moins prête à le voir en smoking. Elle avait enregistré d'un coup d'œil tous les petits détails comme les poils qui se voyaient par le col ouvert de la chemise blanche ajustée, le nœud papillon défait qui pendait négligemment autour de son cou, et même la micro-entaille qu'il avait dû se faire en se rasant. Une odeur de savon et de bois de santal s'était insinuée dans ses narines. C'étaient bien trop de stimulations sensorielles à gérer d'un coup. Tout lui parut d'une intimité folle.

Quand il promena son regard sur elle avec lenteur, presque effrontément, elle eut la sensation d'être nue. Elle regretta presque d'avoir choisi une robe aussi sexy.

Elle adorait cette robe de soirée, sa coupe et le contact

soyeux du tissu sur sa peau... Elle se sentait terriblement féminine dedans – peut-être même un peu trop...

C'était le genre d'homme qui ne ferait qu'une bouchée d'elle, s'il le décidait...

Elle chassa cette pensée. Ce n'était pas ce qu'elle voulait. Pas du tout. Elle n'était pas sûre de survivre à ce concentré de virilité.

Il l'observa, sans prendre la peine de répondre, se contentant de relever légèrement la tête.

— Non, faites, dit-il sur le ton de celui qui a l'habitude de donner des ordres et d'être obéi.

Son père ne pouvait pas être plus à côté de la plaque quand il disait que le prince Kamal n'était pas à l'aise dans son nouveau rôle... C'était un chef-né, un dominant.

Elle s'avança à nouveau vers lui, comblant la distance entre eux.

Elle était si près qu'elle vit sa pomme d'Adam s'agiter alors qu'il déglutissait. Elle sentit une chaleur moite entre ses cuisses totalement inopportune quand elle glissa ses doigts sous son col de chemise pour le boutonner.

— Est-ce que ça va ? s'enquit-elle en l'entendant ravaler un soupir.

Elle eut soudain l'étrange sensation d'essayer d'apprivoiser un pur-sang sauvage, nerveux et imprévisible qui pouvait à tout moment la piétiner. Son regard ambré croisa le sien.

— J'ai l'impression d'avoir un nœud coulissant autour du cou.

— Désolée, mais le col doit être boutonné.

Il fit un bref mouvement de tête et se retrancha derrière cette même expression blasée qu'il avait eue quand il l'avait accusée de lui manquer de respect.

Elle se hissa sur la pointe des pieds et prit les pans du nœud papillon entre ses doigts légèrement tremblants, traversée par un millier de questions. Elle avait soudain envie d'en savoir plus sur lui.

Pourquoi n'avait-il encore jamais porté de costume et de nœud papillon ? Comment avait-il été choisi pour monter sur le trône de Zokar ? Quel était son passé – à propos duquel son père s'était montré plus que sibyllin ? Comment s'était-il fait cette cicatrice ? Et pourquoi ce regard ambré lui semblait-il si familier ?

Elle se mordit la lèvre pour ne pas les poser à voix haute et se concentra sur ses gestes, s'appliquant à ne pas effleurer sa peau.

Une chose était sûre – ce n'était pas aussi éprouvant pour les nerfs quand elle le faisait pour ses deux plus jeunes frères, Kasim et Rohaan, même si ce n'était pas de tout repos avec eux qui ne tenaient pas en place plus d'une demi-seconde.

Après de longues minutes, elle ajusta les deux côtés du nœud, s'assurant que le résultat était équilibré.

— Voilà, je pense qu'on est bien, dit-elle en se reculant de quelques pas pour juger du résultat.

Elle leva les yeux et se noya dans ses prunelles mordorées.

— Alors, comment vous sentez-vous ? s'enquit-elle pour rompre l'étrange charme qu'il semblait avoir tissé tout autour d'elle.

Il toucha le nœud, le bougea légèrement, puis s'étira le cou.

— Très inconfortable.

— Ne me dites pas que c'est la première fois que vous en mettez un ?

Elle vit sa mâchoire se crisper. Avait-elle encore réussi à le froisser ?

Il se fendit d'un bref mouvement de tête, le regard direct.

— Particulièrement inutile et sans intérêt dans l'armée.

Sa réponse d'une franchise presque brutale lui tira un éclat de rire.

— Estimez-vous heureux, vous n'avez pas à y aller juché

sur des talons aiguilles si hauts que ça frise le ridicule, dit-elle en dégageant sa jambe pour lui montrer la hauteur des siens.

Il laissa son regard vagabonder le long de sa cuisse jusqu'à sa cheville.

— Très élégant, souffla-t-il.

Le compliment chuchoté vibra en elle et trouva un délicieux écho dans sa poitrine. Il fit remonter son regard le long de son corps avec une lenteur calculée, déclenchant une vague de frissons et de chaleur sur sa peau.

Montre-lui ta culotte pendant que tu y es ! songea-t-elle en lissant nerveusement sa jupe du plat de la main.

Kamal attrapa sa veste de smoking posée sur le dos d'une chaise et l'enfila. Il ferma un bouton, ce qui eut un effet ravageur sur son pouls.

Cette puissante empreinte d'autorité était là, encore plus prononcée. Elle ne savait rien de lui, mais il était évident qu'il était habitué à commander les hommes… et sans nul doute les femmes aussi.

Ça ne marcherait pas avec elle. Elle était une femme indépendante.

Elle serra les cuisses.

— Allons-y et finissons-en, avant que ce truc ne m'étrangle définitivement, dit-il en lui présentant son avant-bras.

Elle laissa échapper un petit gloussement qui mourut sur ses lèvres quand elle posa sa main sur le luxueux tissu et qu'elle sentit ses muscles jouer sous sa paume.

3

Fascinante. Désirable.

Kamal se surprit, encore une fois, à caresser des yeux la jeune femme qui se tenait à ses côtés. Liah discutait à bâtons rompus avec la reine de Zafar qui, de ce qu'il avait compris, était une cousine par alliance de la famille royale et possédait un haras de renommée mondiale à Kildare.

Dès qu'elle parlait cheval et équitation, Kaliah s'animait. Son visage et ses yeux s'éclairaient, laissant apparaître sa nature passionnée.

Elle était restée près de lui toute la soirée, affichant le visage de la parfaite hôtesse. Elle l'avait présenté aux convives qu'ils croisaient ou qui venaient à leur rencontre, un sourire pour chacun, abordant avec assurance et aisance tous les sujets du plus léger au plus complexe – sans jamais être condescendante ni désagréable.

Bon sang ! On aurait presque pu croire qu'il était tombé sous son charme !

Il savait pourtant qu'elle ne cherchait qu'à faire plaisir à son père. En même temps, elle n'avait à aucun moment cherché à se défiler. Au contraire, elle avait fait son possible pour le mettre à l'aise.

Et ce n'était pas une mince affaire… Comment pouvait-il être détendu quand son parfum et sa robe affolaient tous ses sens ?

Serait-ce vraiment si mal de succomber à cette attirance qui les poussait l'un vers l'autre ? Il serait toujours temps de se mettre en quête d'une épouse plus tard.

La pensée glissa dans sa tête, embrasant ses terminaisons nerveuses.

Mauvaise idée. Kaliah Khan était peut-être une rebelle dans l'âme, elle n'en restait pas moins une future reine. Le genre de femme qui a des attentes qu'il ne pouvait pas combler.

Ses intentions avec les femmes étaient sans équivoque : combler un besoin physique, laisser les corps prendre ce dont ils avaient besoin. Il ne berçait pas d'illusions ses partenaires, ne leur promettait pas monts et merveilles et elles étaient sur la même longueur d'onde.

Kaliah Khan, elle, représentait un mystère.

Il n'avait pas imaginé la vague de désir qui l'avait traversé quand elle était entrée dans sa suite au point de la soupçonner de s'être servie du nœud papillon pour flirter avec lui. Peut-être même pour l'allumer. La lenteur de ses gestes, l'effleurement de ses doigts sur sa gorge. Pourtant il percevait de la candeur plus qu'un quelconque calcul, chaque fois qu'il surprenait son regard posé sur lui.

Il lui plaisait, mais elle était restée très professionnelle sans aucun geste ambigu après avoir quitté sa suite. L'intérêt qu'elle lui témoignait ne le laissait pas indifférent, loin de là, mais il ne retrouvait pas la cavalière intrépide dans la jeune femme réservée qui était restée près de lui toute la soirée.

Plus elle essayait de cacher son attirance pour lui et plus il avait envie de la forcer à la reconnaître.

Encore une fois, mauvaise idée, mauvais timing, mauvais endroit, mauvais casting.

Il pouvait avoir toutes les femmes qu'il voulait, mais à cet instant, il ne voyait et ne voulait qu'elle. Il en avait assez de la regarder interagir avec des personnes sans intérêt. Il voulait qu'elle ne s'intéresse plus qu'à lui, devenir le centre de son attention. Il était temps de jouer cartes sur table.

Ils n'avaient que cette soirée pour voir où les menait cette alchimie qui était si intense qu'elle en devenait presque palpable.

— Cela a été un plaisir de faire votre connaissance, prince Kamal.

Orla, la souveraine de Zafar, le regardait, s'adressant directement à lui.

— Nous ferez-vous le plaisir de votre visite à Kildare lorsque vous serez de passage en Irlande ? ajouta-t-elle.

Comment pouvait-elle être déjà au courant de cette tournée diplomatique dont les derniers détails n'avaient été finalisés qu'une semaine plus tôt ?

Il hocha la tête.

— Je vous remercie de l'invitation, répondit-il, restant volontairement dans le vague.

Alors qu'Orla s'éloignait, Kaliah se tourna vers lui, le regard pénétrant.

— Pourquoi ne pas avoir accepté son invitation ? l'interrogea-t-elle abruptement. Orla et Karim sont un couple influent dans la région, et en Europe.

Qu'insinuait-elle ? Qu'il n'était pas à la hauteur de sa fonction ? Mettait-elle en doute ses compétences ? Le désir qui lui tenaillait les flancs et qu'elle semblait allumer en lui chaque fois qu'il posait les yeux sur elle ne fit qu'intensifier son ressentiment.

Il aurait dû s'éloigner d'elle, partir à la recherche d'une épouse au lieu de rester pendu à ses basques comme un gentil toutou – ou plutôt pendu à son décolleté, qu'il avait rêvé toute la soirée d'écarter pour dévoiler ses seins, les caresser…

— Et en quoi cela vous regarde, exactement ? rétorqua-t-il sous le coup d'une frustration grandissante.

Elle cligna des yeux, rougissante.

— Vous êtes toujours aussi désagréable ou c'est juste avec moi ?

La lueur de vulnérabilité dans ses yeux ne fit que l'embraser un peu plus. Il la voulait, et elle le voulait. À quoi bon le nier et lutter ? Ne serait-il pas plus simple d'y succomber pour s'en libérer ?

Il s'approcha d'elle, glissa son index plié sous son menton, absorbant son frisson.

— C'est définitivement avec vous, Kaliah.

Elle resta silencieuse, mais son regard s'assombrit soudain, ses pupilles immenses avalant presque ses iris.

Il laissa échapper un petit rire grave et caressa du pouce sa lèvre inférieure. Pourquoi ce soudain assaut de timidité ?

Il laissa retomber sa main. Il n'exercerait jamais aucune pression sur elle. Mais quand il voulait quelque chose, il s'arrangeait pour l'obtenir. Et ce soir, c'était elle qu'il voulait.

— Et si nous trouvions un endroit au calme pour en discuter ?

C'était direct, mais il n'allait pas prétendre être un homme aux manières raffinées parce qu'il ne l'était pas.

Il l'observa, guettant ses micro-expressions, la vit rougir, en proie à des émotions contradictoires qui se reflétaient sur son beau visage.

Il crut qu'elle allait lui dire d'aller se faire voir quand elle se fendit d'un « d'accord » d'une voix rauque.

Une vague de désir se concentra au creux de ses reins. Il entrelaça ses doigts aux siens et se fraya un chemin entre les invités, l'entraînant avec lui tout en s'efforçant de ne pas marcher trop vite. Quand ils traversèrent l'immense atrium du palais et arrivèrent dans une cour intérieure plus calme, son cœur battait pourtant fort comme s'il venait de courir un cent mètres. Le parfum des fleurs embaumait l'air.

Ils atteignirent l'escalier qui menait à l'étage privé où se situait sa suite sans croiser personne. Il monta les marches lentement, luttant contre l'envie dévorante de la soulever dans ses bras. Son souffle court et haché enflammait ses sens.

Il devrait sans doute lui dire quelque chose pour la rassurer, mais il n'était pas du genre beau parleur. Il parlait d'ailleurs peu d'une manière générale. Et à cet instant, il serrait les dents, tentant de garder sous contrôle le désir qui pulsait dans ses veines. Comme il l'avait fait toute la soirée.

Il voulait que ce soit bon pour tous les deux. Et pour cela, il devait avoir sous contrôle ses pulsions et son désir.

Il resta donc silencieux tandis qu'il l'entraînait dans la nuit.

C'était de la folie pure et elle devait se ressaisir de toute urgence. C'est à peine si elle connaissait cet homme. Elle n'était même pas sûre de l'apprécier... Vraiment pas !

Pourtant elle allongeait le pas pour suivre son rythme et ses grandes jambes. Le bruissement des conversations et de la musique leur parvenait de plus en plus assourdi alors qu'ils longeaient les couloirs sombres qui menaient à sa suite. Il y avait une telle tension sexuelle entre eux qu'elle l'entendait presque crépiter dans l'air comme un halo d'énergie électrique qui les reliait.

Elle ne comprenait rien à ce qui se passait en elle. Comment cet homme pouvait-il avoir un tel effet ravageur sur ses sens ?

Ce n'était pas pour la qualité de sa conversation. C'est à peine s'il avait échangé avec les personnes qu'elle lui avait présentées.

Elle avait scruté ses yeux, se demandant ce qu'il pouvait bien penser. La jugeait-il ? Les jugeait-il tous ? Nul doute qu'il trouvait ces mondanités frivoles et inutiles – elle n'était pas loin de penser comme lui certaines fois –, mais à cet instant elle lui en voulait de ne pas jouer le jeu.

Elle aurait dû le laisser se débrouiller tout seul il y a des heures, dès qu'elle avait compris qu'il n'avait pas besoin de son aide. Le prince Kamal ne connaissait personne, mais il n'avait aucune envie de se plier à l'exercice. Il ne cherchait pas à se fondre dans le moule.

Si seulement son dédain affiché avait pu briser le charme…

Depuis quand trouvait-elle attirants et sexy les hommes arrogants et autoritaires ? Tous ses anciens petits amis étaient des intellos, à la limite du geek. Il est vrai qu'ils ne lui avaient rien fait éprouver de comparable en intensité à ce que lui inspirait cet inconnu.

Elle reprit son souffle alors qu'ils atteignaient enfin sa suite. Il lui lâcha la main pour ouvrir la porte et se tint immobile sur le seuil. Dans la clarté de la lune, il lui parut encore plus imposant.

Il était encore temps de bredouiller une vague excuse et de prendre ses jambes à son cou sans demander son reste.

Elle avait toujours été impulsive, mais de là à laisser Kamal Zokan l'entraîner dans son lit comme une simple conquête d'un soir…

Que lui arrivait-il ? Elle ne pouvait pas s'abandonner à quelque chose d'aussi irréfléchi.

Elle avait la sensation enivrante que son corps ne lui appartenait plus. Elle était sous le charme, subjuguée, traversée par un shoot d'adrénaline.

— Est-ce que tu es sûre ? On peut encore faire marche arrière.

Il lui offrait une porte de sortie et elle aurait dû en ressentir du soulagement, mais cette délicatesse qu'elle n'avait pas détectée chez lui au premier abord eut tout juste l'effet inverse et elle sentit la rebelle en elle ouvrir un œil intéressé.

Et puis comment ne pas succomber quand il la regardait comme s'il voulait la dévorer.

— Parce que je ne peux rien t'offrir de plus que cette nuit, crut-il bon de dire.

Un sourire en coin étira ses lèvres pleines et sensuelles.

Autant agiter un chiffon rouge devant un taureau prêt à charger. S'il s'attendait à ce qu'elle recule, il se mettait le doigt dans l'œil. Ce n'était pas son genre !

— Qu'est-ce qui te fait penser que je veux plus qu'une nuit ? rétorqua-t-elle, piquée au vif.

La tension sexuelle était si forte qu'elle alourdissait l'air tout autour d'eux. Elle n'avait jamais désiré un homme comme elle le désirait, lui. Alchimie ? Simple attirance physique ? Une réaction à la trahison de Colin ? Elle ne sut plus pourquoi elle devait résister.

Une aventure d'une nuit. Une fête des corps, du sexe torride. Pas de sentiments. Elle voulait la même chose que lui.

— Parce que tu es une femme, et parfois les femmes se montent la tête et tirent des plans sur la comète, répliqua-t-il sans réaliser que sa question était purement rhétorique.

Liah le dévisagea, bouche bée.

Non, mais quel homme des cavernes !

Elle le saisit par le revers de son col et attira son visage vers le sien.

— Heureuse de ne pas être ce genre de femmes alors, dit-elle sarcastique.

— Bien, répondit-il, les yeux mi-clos.

Il inclina soudain la tête et prit ses lèvres d'une façon si possessive qu'elle sentit ses orteils se recroqueviller dans ses sandales. Elle entrouvrit les lèvres sous la pression insistante de sa langue, et il l'embrassa, allumant des étincelles sur sa peau, éveillant des zones érogènes dont elle ignorait jusqu'à l'existence.

Ses mains descendirent le long de son dos nu, là où plongeait le décolleté, et la plaquèrent contre lui. Elle se pressa instinctivement contre lui, se retenant de lui grimper dessus comme à un arbre.

Elle s'entendait haleter alors qu'il explorait sa bouche avec une exigence affamée.

Kamal lui renversa la tête en arrière pour mieux la goûter et l'explorer.

Perdant toute retenue, elle lui rendit son baiser, un baiser âpre où bouches, lèvres et dents s'entrechoquaient. Leurs langues glissaient l'une sur l'autre en une danse passionnée, chacun volant le souffle de l'autre.

Ils se séparèrent, hors d'haleine, pour reprendre leur souffle. Elle étouffa un grognement en sentant son érection se nicher contre son ventre.

— N'oublie pas, cela ne peut être qu'une nuit sans lendemain, dit-il d'une voix râpeuse, repoussant une mèche de cheveux derrière son oreille. Je ne peux pas te promettre plus.

Cet homme était d'une arrogance infernale !

— C'est bon. Il n'y a que ton corps qui m'intéresse, coco, rétorqua-t-elle avec un aplomb surjoué.

— Pour être bon, ça va être très bon, susurra-t-il, avec un rire d'approbation qui affola son cœur.

Il la souleva dans ses bras et entra dans la suite pour traverser le salon jusqu'à la chambre. Une lune ronde projetait un halo lumineux sur les meubles somptueux aux motifs orientaux. Sa respiration s'accéléra alors qu'il la reposait sur ses pieds à côté de l'immense lit. Les nombreux coussins en soie colorée et les voiles finement brodés formaient autour d'eux comme un cocon protecteur, créant un décor romanesque digne des *Mille et une nuits*.

Pfff ! Rectification : il n'y avait rien de romanesque. Ce n'était qu'un moment de passion entre deux personnes de chair et de sang – rien de plus, rien de moins.

Il la fit pivoter vers les portes ouvertes de la terrasse, puis glissa ses doigts dans ses cheveux, pour en retirer les épingles en strass, l'une après l'autre, avec une douceur presque attentionnée. Quand il eut fini, il poussa ses cheveux sur une épaule, et posa les lèvres sur sa nuque.

Son souffle se coinça dans ses poumons sous la caresse affriolante.

Elle laissa courir son regard sur les jardins qui se déployaient sous ses yeux. Avec leurs fontaines et leurs plantes exotiques, on aurait dit une oasis enchantée – c'était ce qu'elle s'imaginait, enfant, quand elle parcourait le palais avec son frère William, en se prenant pour la reine des fées.

Son œil glissa au loin vers la faible lumière qui provenait des anciens quartiers des femmes, puis vers les fenêtres sombres des appartements de sa famille, où ses deux plus jeunes frères devaient dormir. Son ventre se contracta. Qu'était-il arrivé à ses rêves de grand amour, le seul et unique qui durait toute une vie à l'image de celui que partageaient ses parents ?

Ne mélange pas tout ! Ce n'est que du sexe.

Le prince Kamal n'était absolument pas le prince charmant de ses rêves.

Elle perçut distraitement un bruissement de tissu alors qu'il ôtait sa veste et la laissait tomber sur une chaise.

Il fit courir son pouce sur sa clavicule, là où battait son pouls.

— Est-ce que ça va ?

Elle se tourna vers lui, plongea dans son regard voilé de désir.

Il était si près d'elle. Elle se rendit soudain compte qu'il avait enlevé son nœud papillon et déboutonné son col. Ses cheveux étaient en bataille comme s'il avait passé les doigts dedans.

Le début de barbe qui ombrait sa mâchoire lui donnait un air de pirate.

— Tout va bien.

Juste la nervosité d'une fille qui ne l'avait encore jamais fait.

— Sûre ? dit-il d'une voix si basse qu'elle l'entendit à peine.

— Oui, absolument sûre.

Elle se haussa sur la pointe des pieds et commença à déboutonner sa chemise, les doigts tremblants et malhabiles. En parvenant au dernier bouton, elle la sortit de la ceinture et posa sa main sur ses abdominaux, s'aventurant vers son flanc. Il saisit ses doigts vagabonds, l'empêchant d'aller plus loin dans son exploration.

Elle leva la tête, cherchant son regard.

— Quoi ? murmura-t-elle, la voix éraillée par la panique et le désir.

Avait-il deviné qu'elle était totalement inexpérimentée ? Voulait-il tout arrêter ?

Il porta sa main à ses lèvres, embrassa ses doigts dans un geste tendre. Il en prit un dans sa bouche, et elle sentit ses jambes vaciller sous la charge érotique.

Il lui écarta les cheveux, dégageant sa nuque, et pressa sa bouche dans son cou, embrassant, léchant, suçotant le point sensible où battait son pouls.

— Nous avons tout notre temps, susurra-t-il. Nous avons même toute la nuit.

Elle le sentit sourire. Était-il en train de se moquer d'elle ? Sa plainte mourut sur ses lèvres quand il écarta le décolleté plongeant de sa robe, découvrant sa poitrine.

Il effleura la rondeur d'un sein, haussa un sourcil.

— Qu'est-ce que c'est ?

Elle baissa les yeux sur les disques en silicone couleur chair qui couvraient ses aréoles.

— Mon soutien-gorge. Il est adhésif, dit-elle, le feu aux joues.

— Ingénieux, murmura-t-il en suivant du bout du doigt le contour des disques. Est-ce que ça fait mal quand on les décolle ?

Elle étouffa un gloussement nerveux. Ce moment était plus que gênant.

Il agaça du pouce le mamelon écrasé sous sa coque.

— Je peux les enlever ? s'enquit-il, un sourire sur les lèvres.

À son « oui » étranglé, il se laissa tomber sur les genoux et son visage se retrouva au niveau de sa poitrine. Après de longues secondes d'observation concentrée – d'un érotisme fou –, il glissa son index sous la substance en gel et la retira avec d'infinies précautions.

Elle se cramponna à ses épaules lorsqu'il excita d'un coup de langue sa pointe dressée.

Une onde de plaisir inédite la traversa quand il la fit rouler sous son pouce, enflammant ses terminaisons nerveuses.

L'air frais glissa sur son sein quand il le relâcha. Il retira la seconde coque en gel. Il prit l'autre sein en coupe dans sa paume, le soumit à la caresse de sa langue, puis au frottement sensuel de sa barbe naissante. Il captura la pointe entre ses lèvres, l'aspira, l'excita sans relâche jusqu'à ce qu'elle devienne aussi dure qu'un caillou.

Elle enfonça ses doigts dans ses cheveux, son corps ployant sur lui alors que le désir grisant se propageait de sa poitrine à toutes ses zones érogènes.

Quand il la lâcha, cessant sa délicieuse torture, elle avait le souffle court et ses jambes la portaient à peine. Il se releva et fit glisser sa robe le long de ses hanches. Elle se retrouva nue devant lui à l'exception de son tanga en dentelle.

— Ne te cache pas de moi, susurra-t-il en la voyant ramener un bras sur sa poitrine.

Elle laissa retomber son bras, se cambrant instinctivement dans un mouvement qui fit saillir sa poitrine.

— À ton tour, souffla-t-elle, soudain impatiente de le voir, de le caresser, de le tenter et de le faire se consumer de désir comme il venait de le faire pour elle.

Il ne se le fit pas dire deux fois. Il se débarrassa de ses chaussures en deux coups de pied, puis de son pantalon.

Le boxer suivit le même chemin et il se retrouva nu devant elle, à l'exception de sa chemise ouverte. Elle en oublia de la lui enlever, trop occupée à dévorer des yeux sa musculature.

Son regard glissa de ses pectoraux à ses muscles abdominaux bien dessinés et taillés en V, à la fine ligne de poils qui descendait jusqu'à son érection.

Elle retint son souffle.

Son sexe se dressait sur son ventre. Elle cilla brièvement en prenant conscience de sa taille. Elle n'avait pas souvenir d'avoir vu un sexe d'homme aussi imposant, mais il fallait reconnaître qu'elle n'avait aucun point de comparaison. Sa gorge s'assécha. Il était bien trop gros pour elle ! Elle aurait dû paniquer, mais cela lui procura une sensation troublante de toute-puissance. C'était elle qui lui faisait cet effet ?

— Est-ce que je... peux toucher ? dit-elle dans un souffle.

Il haussa les sourcils et laissa échapper un petit rire.

— Évidemment. Tu n'as pas à demander.

Bravo, Liah ! Pourquoi ne pas lui dire carrément que tu es vierge ?

Elle rougit comme une pivoine en réalisant qu'elle venait de se trahir. Elle aurait pu se donner des claques.

Elle l'effleura, le touchant délicatement du bout des doigts.

S'enhardissant, elle enroula ses doigts autour de son sexe bandé, qui tressaillit, réclamant toute son attention. Elle apprécia sa chaleur et sa douceur. Elle l'entendit reprendre son souffle, immobile, la mâchoire et les abdominaux contractés. Il semblait souffrir le martyre en la laissant l'explorer.

Elle le caressa délicatement, fit coulisser ses doigts sur son membre, étalant la goutte de sperme qui s'échappait de son extrémité gonflée.

Il laissa échapper un petit bruit de gorge. Elle frissonna, les sens chavirés en le sentant s'élargir et pulser dans sa main.

Le désir lui serra le ventre à l'idée de lui faire perdre son contrôle. Il lui saisit le poignet, écarta sa main.

— Assez, murmura-t-il, la voix altérée par le désir. Tu veux vraiment me faire perdre la tête ?

Elle esquissa un sourire aguicheur dopé aux endorphines.

— Oui ?

Dans un éclat de rire, il fondit soudain sur elle, la souleva et la fit basculer sur le grand lit comme si elle ne pesait pas plus lourd qu'une plume.

— Petite sorcière, on peut jouer à deux à ce jeu.

Elle se recula sur le matelas, cherchant à lui échapper, mais il lui attrapa la cheville pour la ramener vers lui. Il la saisit par les hanches, l'immobilisant d'une pression, et s'agenouilla entre ses jambes, avant de poser ses lèvres en haut de sa cuisse.

Elle se trémoussa malgré elle, l'indécence ajoutant à son excitation.

Non... Il n'allait quand même pas l'embrasser là... Si ?

Il suivit d'un doigt son sillon jusqu'à ses replis humides et chauds qu'il écarta, soufflant doucement sur son sexe, manquant la faire défaillir.

— S'il te plaît...

Il la regardait, les yeux flous, gouverné par ses sens, puis il prit une profonde inspiration et poussa un grognement sourd.

— Ton parfum est envoûtant... Je pourrais passer la nuit entre tes jambes.

Il pressa sa bouche au cœur de son intimité mouillée et palpitante et la caressa de sa langue. Elle ondula malgré elle pour aller au-devant de ses caresses, le corps électrisé, concentré sur ce seul point en fusion.

Il glissa les bras autour de ses hanches, raffermissant encore sa prise, tout en poursuivant sans relâche son exploration.

Un sanglot étranglé lui échappa, et elle se cambra, la tête en arrière sur le lit, s'abandonnant aux sensations qu'il déchaînait en elle. Les assauts de sa langue la plongeaient dans une agonie de plaisir qui se diffusait dans tout son corps hypersensible.

Quand il prit son clitoris entre les dents et le suça, elle se figea dans un hoquet de surprise, avant d'être percutée par une vague de volupté inconnue. Elle revint lentement à la réalité, frissonnante, pas sûre de pouvoir un jour sentir à nouveau ses extrémités.

Les yeux mi-clos, elle le regarda se pencher vers la table de chevet et en sortir un petit sachet métallisé.

Il déroula le préservatif sur son sexe en érection, qui lui parut d'une taille plus impressionnante encore que quelques instants plus tôt. Dieu comme elle le désirait !

Il enserra sa taille de ses mains et, d'un ajustement des hanches, força le passage, puissant et intimidant.

Elle haleta devant la sensation nouvelle de ses muscles lui livrant passage. Elle s'agrippa à ses épaules sous sa chemise, concentrée sur la brûlure qui irradiait tout son être.

Il s'immobilisa, comme pour la laisser s'habituer à sa présence en elle.

— Ça va ? Tu es très étroite, murmura-t-il en plongeant son regard dans le sien.

La note d'inquiétude qu'elle perçut dans sa voix se répercuta en elle comme une caresse. Elle hocha la tête.

— Ne t'arrête pas, s'entendit-elle dire.

Elle voulait le garder en elle, le sentir bouger.

Elle glissa ses mains sur son dos, caressa sa peau, soudain troublée en sentant d'étranges marques en relief sous ses doigts... Qu'est-ce que cela pouvait être ?

La tension brûlante qui prenait naissance entre ses cuisses court-circuitait ses pensées. Le plaisir monta alors qu'il l'envahissait, la distendait, la remplissait.

— Je te veux tout entier, murmura-t-elle dans la pénombre.

Il tressaillit en entendant ses mots et une émotion qu'elle n'analysa pas, entre surprise et prudence, passa sur son visage.

Une autre pression et il la pénétra plus loin encore. Elle se cambra, ondulant les hanches, s'ouvrant à sa possession.

Une vague de chaleur roula sur sa peau, se déployant en ondes concentriques dans son ventre.

— Est-ce que c'est bon ?

— Oui, très bon.

Il était si doux et attentionné… Elle gémit, submergée par l'émotion tandis qu'il relevait ses hanches et la pénétrait entièrement d'une poussée lente et implacable. Elle se contractait autour de lui, sur la crête du plaisir, quand il se retira pour s'enfouir à nouveau en elle.

Il bascula son bassin, et son sexe se mit à frotter et cogner des points en elle dont elle ignorait jusqu'à l'existence. Elle étouffa un sanglot alors qu'il allait et venait en elle, stimulant son excitation, l'ouvrant à des sensations intenses. Ses coups de reins de plus en plus impérieux l'emmenaient chaque fois jusqu'au bord de la jouissance, sans jamais la lui accorder. C'était trop et pas assez à la fois. Ses mains glissèrent sur ses épaules, dérivèrent dans son dos. Elle caressa sa peau, s'attardant sur ses cicatrices.

Il lâcha soudain sa hanche, glissa la main entre ses cuisses, à l'endroit précis où leurs deux corps se joignaient, il excita du pouce son clitoris.

— Jouis pour moi, maintenant, Kaliah.

La tension emmagasinée en elle explosa d'un seul coup et l'orgasme déferla sur elle comme un raz-de-marée.

Il se raidit au-dessus d'elle et son cri de plaisir se mêla à ses gémissements. Elle eut la sensation de plonger dans un état de plénitude absolue. Son cœur tambourinait si fort dans sa poitrine qu'elle n'aurait pas été surprise qu'il le sente alors qu'il s'écroulait sur elle, la suivant dans l'extase.

Elle l'enlaça si fort qu'elle sentit son cœur résonner contre sa poitrine pendant de longues et magnifiques secondes alors qu'elle absorbait les spasmes de leur plaisir. Elle cilla, refoulant ses larmes. Tout sonnait étrangement juste.

Il avait des défauts – et elle n'en connaissait sûrement pas la moitié –, mais Kamal Zokan avait sublimé sa première fois.

Elle le sentit se retirer et eut du mal à le laisser partir. Il roula sur le dos.

— C'était bon, non ?

— Oui, répondit-elle, bêtement émue qu'il le lui demande.

Ressaisis-toi, Liah. Ce n'est que du sexe ! Qu'une attirance et une alchimie… vraiment démentielle.

Il posa sa main sur sa cuisse, caressa du pouce sa peau avec un naturel et une possessivité qui firent battre son cœur plus vite.

Un simple contact qui électrisa ses terminaisons nerveuses, réveillant un désir pourtant assouvi.

En la sentant bouger, il la retint, enroulant un bras autour de sa taille. Elle sentait son sexe qui semblait déjà reprendre de la vigueur, pressé contre ses fesses.

Son cœur se souleva comme sous l'effet d'une douce brise, la troublant davantage.

Ça alors ! Qui aurait cru que le prince Kamal était du genre câlineur…

— Dors maintenant. Et il y aura un second round dès que j'aurai récupéré.

Sa voix grave embrasa sa peau et elle sentit son cœur de midinette s'emballer en entendant ses mots. Il la désirait encore, la voulait.

Elle le sentit sombrer dans le sommeil, son bras plus lourd autour d'elle.

Elle resta alanguie, contemplant la pleine lune à travers la fenêtre, et respirant le parfum de jasmin des jardins, qui se mêlait à l'odeur de sexe, et à son odeur à lui.

Elle ne pouvait pas rester, et certainement pas risquer un autre round ou elle pourrait finir par se méprendre sur cette émotion agréable sous les côtes et croire que ce n'était pas seulement l'afflux d'endorphines dans son organisme.

Elle réussit enfin à se dégager de son bras sans le réveiller, refusant de donner plus de sens à ce qui venait de se passer entre eux.

Elle se rhabilla furtivement, puis s'élança à travers les

couloirs sombres du palais pour rejoindre la sécurité de ses propres appartements, avec un tiraillement dans la poitrine qui ne passait pas.

Elle se glissa sous la douche, laissa l'eau ruisseler sur sa peau engourdie d'un plaisir inédit, doutant que cela soit suffisant pour effacer le souvenir de ses caresses qui faisait encore vibrer son corps.

4

Liah ouvrit un œil en prenant conscience que les coups n'étaient pas seulement dans sa tête.

Encore engourdie du plaisir que lui avait fait connaître Kamal, elle poussa un grognement en sentant son corps vibrer comme un diapason.

— Qui est-ce ?

Quelle heure était-il ? Le soleil brillait à travers la moustiquaire.

Bon sang ! Elle ne s'était pas réveillée.

— C'est Aisha, Majesté. Leurs Majestés souhaiteraient que vous les rejoigniez au plus vite dans le bureau du cheikh.

Étrange… Son père ne la faisait venir dans son bureau que pour des questions officielles ou quand elle avait dépassé les bornes.

En voyant la secrétaire particulière de sa mère passer la tête et le buste par la porte, elle se redressa en resserrant instinctivement le drap contre sa poitrine.

— Est-ce que vous savez pourquoi ?

— Je ne suis pas en mesure de vous le dire. Ils requièrent votre présence aussi vite que possible, Votre Majesté.

Une rougeur colora les joues de la femme, d'habitude imperturbable.

Son cœur s'emballa. Ses parents l'avaient-ils vue s'éclipser avec Kamal hier soir ?

Non… c'était juste sa mauvaise conscience qui la rattrapait parce qu'elle avait quitté la salle de réception sans les saluer.

Elle était une grande fille ! Son père pouvait la sermonner quand il pensait qu'elle prenait des risques inconsidérés, mais ses parents lui faisaient confiance et respectaient ses choix.

Elle attendit qu'Aisha fût sortie de ses appartements pour bondir hors du lit et traverser la pièce, ignorant la sensation endolorie entre ses cuisses. Elle n'avait aucune idée de ce dont il retournait, mais elle devait régler ça, avant de mettre les voiles pour Aleaza. L'oasis était son endroit secret, où elle aimait se retrouver quand elle avait besoin de prendre du recul, loin du palais.

Elle attrapa un jean tout en passant les doigts dans ses cheveux pour les discipliner. Elle ne fuyait pas le palais ni le prince Kamal. Elle voulait simplement prendre trois jours pour elle. Pendant ce temps, son amant d'une nuit allait retrouver son propre royaume, et elle pourrait ranger ce moment qu'ils avaient partagé dans le recoin « souvenirs » de sa mémoire.

Vingt minutes plus tard, elle tapait à la porte du bureau, rougissant malgré elle comme une écolière.

— Entre, Liah.

Elle pénétra dans la pièce, repérant d'un coup d'œil son père assis à sa table de travail. Elle interrogea du regard sa mère, debout derrière lui, qui affichait cette expression soucieuse qu'elle lui avait souvent vue quand elle était enfant, chaque fois qu'elle faisait quelque chose d'imprudent ou de dangereux… ou les deux.

Elle reporta son attention sur son père. Il ne semblait pas en colère, plutôt soucieux lui aussi.

— Liah, assieds-toi. Nous devons éclaircir la situation.

La gravité dans la voix paternelle la fit paniquer. Son cœur s'arrêta quand elle entendit une voix bien trop familière résonner dans son dos.

— Il n'y a pas à discuter, Votre Majesté. On doit être mariés. La princesse héritière était vierge quand nous avons couché ensemble la nuit dernière. C'est la voie de l'honneur, et le devoir de tout cheikh d'épouser la femme dont il a pris la virginité. N'est-ce pas dans la loi du mariage des cheikhs ?

Elle se retourna, les joues en feu, et posa un regard horrifié sur l'homme qu'elle n'avait pas remarqué assis au fond de la pièce, près de la porte.

Il déplia sa grande silhouette et s'avança vers elle tel un Phénix renaissant des cendres de sa mémoire – ou plutôt comme un dragon jaillissant de sa caverne –, réduisant à néant ce qui lui restait de sang-froid.

Le choc, l'embarras, le désir… Des émotions contradictoires s'entremêlaient en elle et lui tordaient le ventre.

Elle remarqua soudain son expression sombre. Il ne paraissait pas plus heureux qu'elle de se trouver là et de la voir… Il n'aurait sans doute pas fait une autre tête si Ashreen lui avait donné un coup de sabot dans le ventre. Ses mots se frayèrent peu à peu un chemin dans son cerveau et une boule de colère se logea dans sa gorge comme une remontée acide. Il avait parlé à ses parents de la nuit qu'ils avaient passée ensemble – la nuit qui devait être secrète et sans lendemain. Il leur avait dit qu'elle était vierge… Et maintenant, il parlait mariage à cause d'une loi obscure et fumeuse.

Elle émit un bruit de gorge entre hoquet d'indignation et couinement. Il voulait l'épouser… et elle s'étonnait que sa tête n'ait pas encore explosé !

— Tu es dingue ou quoi ? s'écria-t-elle, les yeux aussi grands que des soucoupes.

Kamal serra le poing, luttant contre l'envie irrésistible d'attraper Liah et de la basculer sur ses genoux pour lui donner la fessée qu'elle méritait.

Qu'est-ce que c'était que cette envie récurrente dès qu'il était en sa présence ? Que lui arrivait-il ? Elle avait le don de mettre son sang-froid à rude épreuve.

Elle était partie comme une voleuse au beau milieu de la nuit. Pire, elle ne lui avait pas dit qu'elle était vierge.

Il s'était réveillé, tenaillé par le désir concentré au creux des reins, prêt à assouvir la faim qu'il avait encore d'elle. Sa main s'était refermée sur des draps défaits et froids. Et tachés de sang.

— Est-ce que j'ai été ton premier amant ? l'interrogea-t-il, la mettant au défi d'affirmer le contraire.

Elle piqua un fard. Sa poitrine se soulevait et s'abaissait rapidement sous son T-shirt ajusté qu'elle portait avec un jean et des bottines qui mettaient un peu trop en valeur sa silhouette souple et déliée.

— Qu'est-ce que ça peut bien te faire ? lâcha-t-elle, ses yeux étincelants d'un éclat frondeur.

Il en était sûr ! C'était bien sa première fois et cela signifiait pour lui qu'ils devaient se marier.

Il en allait de son honneur d'homme et de prince. De l'honneur de Liah aussi, et elle ne pouvait qu'être d'accord avec lui.

Il plissa les yeux, traversé par une pensée dérangeante.

— Tu penses que cette loi ne s'applique pas à moi parce que je ne suis pas de sang royal ?

— Quoi ? Non, bien sûr que non, se récria-t-elle, les joues en feu. C'est juste que je me fiche complètement d'une coutume totalement archaïque et dépassée.

— Archaïque et dépassée ? dit-il en haussant la voix. Tu déshonores ta famille, ton pays et toi-même en parlant de la sorte, et tu me déshonores aussi. Tu vas devenir ma femme maintenant ou...

— Aucune chance que je t'épouse ! Pas moyen ! le coupa-t-elle. Tu es arrogant, autoritaire...

— Très bien ! ça suffit !

Ils se tournèrent d'un même mouvement vers le cheikh qui venait de se lever.

— Arrêtez de crier tous les deux, et asseyez-vous, tonna-t-il en contournant son bureau.

Kamal se redressa. De quel charme usait-elle pour que, à l'instant où elle était entrée dans le bureau, il en eût oublié jusqu'à la présence du cheikh Zane et de son épouse Catherine.

Il n'allait pas s'excuser. Il n'avait pas voulu cette situation et il aurait préféré ne pas avoir cette dispute avec Kaliah devant eux, mais il avait l'intention d'épouser leur fille et ils allaient devoir l'accepter.

Il faisait ce qu'il pensait devoir faire et c'était dans cette optique qu'il avait sollicité un rendez-vous avec le cheikh Khan, ce matin pour lui demander la main de sa fille. Seulement il n'avait pas réagi comme il s'y était attendu.

Il avait insisté pour faire venir la princesse pour « discuter » de la situation. Ce qui objectivement n'allait pas changer les faits... Mais il n'aimait pas la façon dont l'homme les regardait à cet instant. Il faisait comme s'il devait régler une simple querelle d'amoureux et non un incident diplomatique préjudiciable.

Il détourna les yeux de Liah, la source de la colère sourde qui maintenait son corps sous tension, et inspira pour retrouver son sang-froid et reporta son attention sur Khan.

Il n'oubliait pas qu'il était son invité et il ne souhaitait pas se faire un ennemi de Khan ni perdre son soutien. Mais pour autant, personne ne lui dictait plus sa conduite à présent.

— Mettons-nous d'accord sur l'essentiel d'abord, dit-il, omettant délibérément les titres honorifiques.

— Si tu crois que tu peux me forcer la main…

Khan leva la main, intimant à sa fille le silence.

— Liah, assieds-toi, bon sang, dit-il d'une voix lasse et résignée. Pas la peine de rendre les choses plus difficiles qu'elles ne le sont déjà.

— Mais papa, tu ne peux sérieusement pas donner du crédit à cette idée totalement farfelue ?

Kamal observait le duo père-fille, troublé par la familiarité avec laquelle ils s'adressaient l'un à l'autre. Il l'avait déjà remarqué, après la course, et il n'avait pas su quoi en penser.

N'ayant jamais eu de famille, il n'avait aucun modèle auquel se référer. Mais ne dépassait-elle pas les bornes en s'adressant à son cheikh de cette façon, même s'il était son père ? En même temps, le comportement indomptable de Kaliah Khan ne le surprenait pas. La jeune femme semblait n'avoir de respect pour rien – ni pour les traditions, ciment entre leurs pays depuis des siècles, ni pour lui, ni pour ce qu'ils avaient partagé la nuit dernière, sinon elle ne se serait pas enfuie comme elle l'avait fait.

Son audace ne faisait que l'agacer. Est-ce qu'elle croyait que cette situation était facile pour lui ?

Il avait peut-être besoin d'une épouse, il avait peut-être apprécié le sexe, mais il avait aussi un instinct de préservation. Leur alchimie était trop explosive, leur entente physique trop intense et cela le plongeait dans une instabilité troublante. Qu'elle l'ait choisi pour être son premier amant le troublait davantage.

Comment pouvait-elle avoir un tel effet sur ses sens et sur son sang-froid ? Envoûtante, grisante, séductrice… Elle l'avait amené à un orgasme d'une intensité… époustouflante alors qu'elle était vierge et n'avait aucune expérience. Comment avait-elle réussi à lui faire perdre pied ? Et d'où sortaient ces pulsions possessives qui l'avaient aveuglé dès qu'il avait vu les taches de sang ?

Il inspira, essayant de contenir la chaleur qui descendait vers son entrejambe…

Il était expérimenté dans les jeux du sexe. Il était un tout jeune soldat totalement inexpérimenté quand il avait fait la connaissance de Pasha, une jeune veuve, âgée d'une trentaine d'années. Elle avait été sa première maîtresse et elle l'avait initié avec patience et douceur aux plaisirs charnels. Elle avait fait de lui un amant accompli, attentif aux besoins et au désir de ses partenaires.

Jusqu'à hier, jusqu'à Kaliah Khan. Avec elle, le désir brut l'avait totalement submergé. Son self-control lui avait paru aussi fragile qu'un fil. Il n'aurait pas pu décrypter ce mélange de timidité et d'audace, comprendre qu'elle était vierge même s'il l'avait voulu. Comme il n'aurait sans doute pas pu s'arrêter s'il avait réalisé qu'elle ne l'avait jamais fait. Pour preuve, le chaos émotionnel dans lequel sa simple présence le plongeait.

Comment pouvait-il la désirer encore si furieusement ? Au point même de vouloir l'épouser, tout en sachant au fond de lui qu'elle était l'exact opposé de la femme qu'il lui fallait.

Il avait besoin d'une compagne et d'une partenaire qui le respecte et l'admire. Une femme mature, responsable, capable d'écouter. Kaliah Khan était loin de cocher toutes les cases.

— S'il vous plaît, prince Kamal, asseyez-vous… asseyez-vous tous les deux…, intervint la reine Catherine, en jetant un regard éloquent à sa fille. Discutons de cela comme des adultes raisonnables.

Pourquoi, il n'était pas raisonnable ? Il croisa le regard d'un brun chaud de la mère de Kaliah et sentit sa colère se dégonfler.

Il obtempéra et reprit sa place. Il glissa un œil vers Kaliah qui restait immobile devant le bureau de son père, le regard sombre, les épaules tendues. Il aurait presque pu compatir. Elle n'appréciait visiblement pas plus que lui d'être dans cette situation. Mais ils en étaient tous là parce qu'elle n'avait pas été honnête avec lui.

Elle finit par céder et s'assit ostensiblement sur la chaise devant le bureau de son père – la chaise la plus éloignée de lui, nota-t-il agacé.

Ce qu'elle voulait n'entrait plus en ligne de compte. Elle allait devoir se plier à la volonté de son père et respecter leurs traditions. Comme lui.

Khan revint s'asseoir à son bureau. Il posa les coudes sur le bureau, les doigts en clocher, et regarda sa fille.

— C'est vrai, Liah ? Tu as passé la nuit avec le prince Kamal ? Et tu étais vierge ? s'enquit-il d'une voix douce.

— Papa ! s'écria-t-elle en bondissant de sa chaise. Tu n'es pas sérieusement en train de me poser ces questions ? Ce que je fais de ma...

Au moins, elle ne niait pas, et Khan ne mettrait pas sa parole en doute, maintenant, songea Kamal.

Le cheikh leva une main en signe d'apaisement.

— D'accord, d'accord, Liah. Du calme. J'essaie juste d'établir les faits, dit-il en se tournant vers lui, l'expression tendue, mais résolue.

Kamal se crispa malgré lui. Ce regard ne lui disait rien de bon pour l'avoir trop souvent vu par le passé. C'était celui de son officier supérieur, avant de l'envoyer sur une mission périlleuse dans le désert, dont seuls quatre de ses hommes et lui-même étaient ressortis vivants. C'était celui d'Hamid, quand il défaisait sa ceinture pour le corriger.

— Voilà où je veux en venir, prince Kamal, fit Khan, après une brève hésitation. Dans la tradition, la loi maritale des cheikhs est là pour protéger les femmes, et c'est tout à votre honneur de penser à Kaliah et de vouloir la protéger, mais cette loi est tombée en désuétude à Narabie... sauf si les deux parties y sont favorables, bien sûr.

Kamal soutint le regard de Khan sans rien trahir de la colère qu'il sentait monter en lui.

— En clair ?

— Vous n'êtes pas obligé d'épouser ma fille parce qu'elle était vierge. De ce que nous venons de voir, mon épouse et moi, il semble évident qu'il n'est pas question d'amour entre vous, poursuivit-il sur un ton paternaliste qui le fit grincer des dents. Et je ne pense pas me tromper en disant qu'aucun de vous n'a envie d'être uni à l'autre par les liens du mariage.

— Alléluia ! Eh bien, merci, papa, marmonna Kaliah.

En entendant le soulagement dans sa voix, Kamal dut prendre sur lui pour ne pas frapper le mur du poing.

Pour eux, son honneur et celui de son royaume étaient donc sans importance. Comment pouvait-il accepter ça ? Pire, ils insinuaient que sa responsabilité envers Kaliah ne comptait pas.

Avec un soupir, Khan pressa la main de sa femme posée sur son épaule.

— Donc, je pense qu'on peut passer sous silence ce qui est arrivé. Et rien de ce qui s'est passé entre vous cette nuit ne sortira de ces murs, ajouta-t-il en s'éclaircissant la gorge. Ainsi l'honneur de tous reste sauf. Vous ne vous êtes pas défilé, prince Kamal, et je vous en sais gré. Mais je ne vais pas exiger de vous que vous épousiez une femme que vous n'aimez pas.

Aimer ? Diable, mais de quoi parlait-il ? Qu'est-ce que l'amour avait à voir là-dedans ? Il s'était passé de ce sentiment abscons toute sa vie et il ne s'en portait pas plus mal. Ça lui avait même réussi jusque-là.

— J'espère que cela ne remet pas en cause le reste du week-end ? Vous êtes notre invité d'honneur, ajouta Khan.

Il était sérieux ? Pensait-il vraiment qu'il allait s'attarder après avoir été insulté ? Il serra les dents. Il eut l'impression de se glacer de l'intérieur, comme lorsque enfant il essuyait un rejet ou qu'il était rabaissé, parce qu'il n'était jamais assez fort, jamais assez courageux, jamais assez important pour compter. Il pensait avoir fait ce qui était juste en venant voir Khan ce matin, mais l'indulgence de l'homme pour sa rebelle de fille dépassait l'entendement.

— Comme vous voulez, dit-il en se levant, s'exhortant à ne pas réagir à chaud.

Il était bien trop furieux pour articuler une autre parole ou même regarder Liah, responsable de ce désastre.

Il inclina brièvement la tête, avant de se retirer.

Mais il n'était plus cet orphelin.

Il était le prince Kamal Zokan, futur souverain de Zokar, et il était temps que Kaliah Khan en prenne conscience.

5

Liah s'essuya les yeux du revers de la main et talonna Ashreen pour la pousser au sommet de la dune escarpée. Elle jeta un coup d'œil par-dessus son épaule sur le soleil couchant. Les minarets du palais avaient complètement disparu derrière la crête montagneuse et pour la première fois depuis l'embuscade tendue par Kamal dans le bureau de son père, le poids qui lui comprimait la poitrine s'allégea un peu.

Elle tira d'un coup sec sur les rênes pour faire ralentir sa jument, avant d'amorcer la descente vers l'oasis.

Elle n'avait jamais ressenti une telle humiliation de toute sa vie. Et pourtant, les situations qui vous échappent, elle connaissait !

Elle était retournée dans sa chambre, et avait jeté quelques affaires dans un sac. Sans surprise, personne n'était venu lui demander de participer aux événements de la journée. Ses parents avaient jugé sans doute plus prudent de la tenir loin de Kamal afin d'éviter tout incident diplomatique. Ce qui lui avait amplement laissé le temps de revisiter sa vie et de regretter toutes les mauvaises décisions prises sur un coup de tête jusqu'à la nuit dernière. D'ores et déjà, elle pouvait affirmer que passer la nuit dans le lit de Kamal avait été la pire de toutes.

Quand le soleil s'était rapproché de la ligne d'horizon

et que les températures avaient suffisamment baissé, elle s'était faufilée dans les écuries et avait sellé Ashreen, avant de prendre la direction de l'oasis au galop. Elle avait laissé un mot à l'un des palefreniers à remettre à Malik, l'intendant de son père. Elle ne voulait pas inquiéter ses parents, mais elle avait dans l'idée qu'elle n'allait pas leur manquer.

Elle essuya une nouvelle larme d'une main impatiente. Elle n'avait aucun droit de s'apitoyer sur elle-même.

La colère s'était éteinte… elle ne ressentait qu'une sensation diffuse de tristesse quand elle pensait à Kamal.

Elle ne parvenait pas à oublier son expression, mélange de colère et d'humiliation, quand son père lui avait dit qu'il n'y aurait pas de mariage. Pour une fois, son visage avait été très expressif.

Elle aurait préféré le détester, le rendre responsable de ce qui s'était passé, mais elle avait plus que sa part dans les événements. Elle avait agi sans réfléchir aux conséquences. Elle s'était en quelque sorte servie de lui pour perdre sa virginité.

Il avait revendiqué chaque centimètre carré de son corps avec ses lèvres, sa langue et ses dents. Ses mains l'avaient fait supplier et gémir, avaient allumé des étincelles partout sur sa peau.

Une chaleur mêlée de picotement s'insinua dans tous les points endoloris de son corps qui pulsait toujours de tension depuis la nuit dernière. Comment avait-elle pu croire qu'il n'y aurait pas de répercussions émotionnelles pour elle ? Comme pour lui ?

Comment avait-elle pu oublier cette vieille loi ? Elle ne pouvait pas prévoir que Kamal ferait de sa virginité une question de fierté et d'honneur.

Pourquoi voulait-il se marier avec elle ? C'était une idée tellement absurde. Ils ne se connaissaient même pas.

Elle aperçut l'oasis qui se dessinait au loin, dans la vallée en contrebas.

Elle promena le regard sur le grand bassin, alimenté par une source qui jaillissait des roches calcaires, dont la surface miroitait dans le crépuscule. Une palmeraie luxuriante piquetée d'arbustes et d'arbres fruitiers apportait l'ombre salvatrice contre la morsure du soleil du désert en journée. Le campement luxueux comprenait plusieurs tentes et un enclos. Elle savait qu'il était bien approvisionné, et régulièrement contrôlé par les employés du palais. Son père y veillait pour permettre à sa famille de s'y retrouver quand ils en éprouvaient le besoin.

C'était également un refuge pour des voyageurs imprudents qui viendraient à se perdre dans ce vaste paysage inhospitalier.

Elle relâcha la pression sur les rênes et Ashreen se mit à caracoler, comme si elle avait senti l'eau fraîche. Cet endroit, synonyme de liberté et d'évasion – qu'elle aimait rejoindre pour se ressourcer, y trouver du calme et où elle pouvait être elle-même –, lui fit étrangement penser à cet instant à la planque d'une froussarde.

Elle s'était encore comportée en enfant gâtée qui fuit ses responsabilités. Pas comme une future souveraine.

Elle mit pied à terre et malgré la fatigue, elle entreprit de s'occuper d'Ashreen. Elle lui retira la selle et les sacs, la pansa, la brossa, la fit boire, et lui donna à manger, avant de penser à elle et de réfléchir au poids qui lui écrasait la poitrine.

Elle n'avait pas bien dormi la nuit dernière et elle comptait sur ces quelques jours loin de tout pour remettre les choses en perspective.

Après un détour par la source d'eau pour se rafraîchir, elle alluma les torches pour tenir éloignés les visiteurs indésirables, puis se glissa sous la grande tente. Elle se laissa tomber épuisée sur le lit et garda les yeux rivés sur les poteaux sculptés et les tissus brodés au-dessus de sa tête.

Quel immense gâchis ! Elle aurait dû être soulagée à l'idée

de ne plus revoir Kamal, mais elle avait la sensation que même si elle ne le revoyait plus jamais, il avait laissé une empreinte indélébile sur son corps et son âme.

Le jour se levait quand Kamal approcha de l'arête rocheuse qui marquait le bord du désert de Narabie. Il galopait en direction de l'oasis Aleaza, où s'était réfugiée Kaliah, d'après un employé du palais à qui il avait réussi à soutirer cette information.

La petite dégonflée.

La colère sourde pulsait au fond de lui sans trouver d'apaisement depuis vingt-quatre heures – précisément depuis que Zane Khan lui avait refusé la main de sa fille, foulant aux pieds son sens de l'honneur. Et ça lui restait en travers de la gorge.

Il avait assisté à toutes les festivités mondaines organisées la veille en son honneur, juste dans l'espoir d'entrevoir Kaliah Khan et de pouvoir lui parler. S'il avait su !

La belle affaire que sa nuit avec elle ne sorte pas des murs du palais royal ! Lui savait ce qu'il avait fait – ce qu'ils avaient fait et ce qu'il avait ressenti quand elle l'avait pris en elle. Il avait été son premier homme, sa première fois.

Une pulsion charnelle, possessive l'envahit. Ils ne pouvaient pas revenir en arrière ni faire comme s'il ne s'était rien passé entre eux.

En arrivant au sommet de la haute dune rocailleuse, il tira sur les rênes d'Asad et scruta l'oasis en contrebas.

La lumière du matin brillait sur le campement. Le soleil levant se reflétait à la surface de l'eau qui semblait s'embraser. Les teintes rouge orangé s'accordaient avec la lueur vacillante des torches qui avaient brûlé toute la nuit.

Kaliah ne pouvait quand même pas se trouver ici toute seule, sans aucun garde armé ? Il contourna le campement et s'en approcha par l'arrière. Il repéra dans l'enclos la jument pur-sang qu'elle montait lors de la course.

Les oreilles de l'animal se dressèrent à son approche.

Kamal tapota affectueusement l'encolure de son cheval pour le calmer. Il ne voulait pas avertir Kaliah de leur présence avant d'être prêt.

Il mit pied à terre sans faire de bruit, enroula les rênes autour de la barrière, puis débrida son étalon pour lui permettre de s'abreuver. Il ne lui enleva pas la selle. Il ne comptait pas s'attarder ici. Toute la région était sous une alerte météo, avec un risque élevé de tempête de sable dans l'après-midi.

Bien que rare, ce phénomène restait dangereux, surtout dans des zones aussi exposées que celle où ils se trouvaient. Les gorges zokari leur fourniraient un abri naturel. Le campement était toujours prêt, bien approvisionné, pour les fois où il venait s'y réfugier quand il avait besoin de solitude et d'échapper aux pressions et sollicitations de plus en plus nombreuses. Elle serait sur son territoire et ils pourraient discuter sans craindre d'être dérangés.

Elle s'était servie de lui et l'avait jeté après usage – et il n'avait pas besoin qu'elle lui fasse d'un dessin pour comprendre qu'elle ne voulait pas de lui parce qu'il n'était pas de sang royal.

Il retira son keffieh et plongea sa tête dans un bac d'eau. Il s'ébroua, rafraîchi, mais toujours aussi furieux, le corps vibrant d'une tension sexuelle qui ne l'avait pas lâché depuis qu'il s'était réveillé dans un lit vide.

Il devrait sans doute attendre qu'elle se réveille… Mais ils avaient dépassé le stade de la politesse. Il ne l'avait pas traitée comme un petit oiseau rare et exotique quand il bougeait en elle, quand elle lui griffait le dos ou se cramponnait à lui. Il se dirigea vers la tente principale.

Cela n'a rien à voir avec l'honneur, ni avec la loi maritale des cheikhs, ni même avec la nécessité de trouver une épouse. Arrête de te mentir à toi-même.

Il ouvrit le rabat de la tente.

— Kaliah ? C'est moi, Kamal, lança-t-il en entrant. Tu te trompes lourdement si tu penses pouvoir me fuir et échapper à tes responsabilités. Tu as cinq minutes pour t'habiller.

Il fit quelques pas à l'intérieur, prit quelques secondes pour apprécier la fraîcheur et ajuster sa vision à la variation de luminosité.

Une poignée de minutes plus tard, elle n'était toujours pas sortie de la chambre et n'avait même pas daigné lui répondre.

Au diable !

Il s'avança encore.

— Le temps est écoulé ! cria-t-il en franchissant la lourde tenture qui protégeait la chambre.

Il vit d'un coup d'œil le lit défait. Son parfum flottait dans l'air et il ne pouvait nier l'effet que cette fragrance avait sur lui.

Il ressortit de la grande tente, sa patience passablement éprouvée.

Quand il finit par la trouver, il sut, à moins d'un miracle, qu'il allait avoir du mal à ne pas la basculer sur ses genoux pour lui donner une bonne fessée.

Liah retint son souffle au moment où l'eau froide jaillissant des rochers ruissela sur son corps. L'air était déjà tiède, il serait bientôt brûlant. Le générateur solaire sur le campement n'était pas du luxe pour garder la tente fraîche.

Elle allait néanmoins devoir écourter son séjour et rentrer au palais demain. L'intendant de son père l'avait contactée par téléphone satellite vingt minutes plus tôt pour l'informer d'une possible tempête de sable. Son père avait insisté pour qu'elle rentre au plus vite. Après ce qui s'était passé, elle ne pouvait que faire le dos rond. De toute façon, c'était ça ou voir rappliquer la garde royale...

Au moins, le prince Kamal et ses hommes étaient repartis pour Zokar ce matin. Malik avait glissé l'information dans la conversation. Elle n'avait donc plus à se cacher.

Elle inclina son visage vers la cascade d'eau revigorante, poussa un soupir d'aise.

Tu ne te caches pas... tu laisses les choses se tasser, nuance...

Elle se tourna sur la pointe des pieds sur les rochers, son T-shirt et sa culotte collant à sa peau.

Au moment de s'écarter de la cascade, elle perçut comme un grattement de gorge. Le bruit assourdi résonna dans sa poitrine. Elle tourna la tête si vite qu'elle frisa l'entorse cervicale.

Lui ?

Une vague de panique et une bouffée de chaleur mêlées la traversèrent de part en part. Elle battit des paupières. Elle devait halluciner. Kamal se tenait sur la rive, en jean poussiéreux et bottes cavalières, les bras croisés sur le torse, les jambes écartées. On aurait dit qu'il était prêt à passer à l'action... *Pour faire quoi ?* L'air soulevait les pans de sa tunique courte qui flottaient autour de lui, lui donnant un air d'ange vengeur...

Figée, elle le dévisagea, une onde de chaleur se propageant au plus profond d'elle... Peut-être souffrait-elle d'une insolation après sa chevauchée de la veille. L'homme qui accaparait toutes ses pensées et qui tenait le premier rôle dans tous ses fantasmes depuis deux jours ne pouvait pas être là, dans son refuge secret.

Il promena son regard avec une lenteur calculée sur sa silhouette, s'attardant sur sa poitrine avec un petit air possessif et insolent. Elle sentit douloureusement ses seins pointer contre son T-shirt mouillé. Elle rougit, croisa les bras sur sa poitrine.

Ne panique pas. C'est un mirage, forcément. C'est le fruit conjugué de ton imagination dopée aux endorphines et de ta mauvaise conscience.

Un hoquet de surprise lui échappa quand l'illusion saisissante se mit à parler avec une inflexion autoritaire dans la voix qui sonna un peu trop familièrement à son oreille.

— Sortez de l'eau, Votre Majesté, dit-il sarcastique. Nous avons une longue chevauchée devant nous pour atteindre les gorges zokari et nous mettre à l'abri.

Elle pressa plus fort ses avant-bras contre sa poitrine et lui décocha son regard « Tu m'as bien vue ? » qu'elle réservait à ses frères quand ils devenaient particulièrement pénibles.

Elle aurait été sans doute plus crédible si elle n'avait pas été trempée comme une soupe, presque nue, le corps et les sens en émoi.

— Qu'est-ce que tu viens faire là ? bredouilla-t-elle.

— Te sauver d'une tempête de sable et t'épouser, et je ne priorise rien.

C'était donc sur sa tête à lui que le soleil avait tapé trop fort.

— Tu as dix minutes pour t'habiller et rassembler les affaires dont tu as besoin pendant que je prépare les chevaux pour le voyage.

Non, mais pour qui se prenait-il ? Tout son être se rebella. *Dans tes rêves, mon vieux.*

— Je ne vais nulle part avec toi.

— Il n'y a pas de discussion. Le sujet est clos ! dit-il d'une voix blanche. Si tu ne veux pas assurer ta sécurité et celle de ton cheval, je vais m'en charger pour toi. Plus que neuf minutes.

Sans autre forme de procès, il tourna les talons et disparut entre les palmiers, la laissant derrière lui, frissonnante et s'étranglant de colère.

Très bien. Elle allait s'habiller, mais pas parce qu'il le lui demandait ! Juste parce que l'affronter en petite culotte n'était pas un bon plan – et puis elle lui dirait où il pouvait se mettre son aide et cette idée de mariage totalement farfelue.

Encore une fois.

— Lis sur mes lèvres : je ne viens pas avec toi. D'après les bulletins météo, la tempête de sable ne devrait pas frapper avant demain, et d'ici là j'aurai retrouvé la sécurité du palais royal.

Kamal observa Kaliah qui se dressait devant lui, le menton levé et le visage rougi par la colère.

Elle avait enfilé une tunique ample pour se protéger du soleil, mais cela n'eut aucun effet sur la partie de son anatomie en dessous de la ceinture depuis qu'il l'avait surprise dans l'étang, en train de se baigner. Son corps se dessinait par transparence sous le coton trempé qui laissait deviner ses aréoles, la pointe dressée de ses seins. Il l'avait dévorée des yeux, s'imaginant lécher sa peau… Il grimaça. Cela n'augurait rien de facile pendant les six heures qu'ils allaient passer à cheval. Et raviva sa colère. Elle aurait pu se baigner nue, cela aurait été du pareil au même. Comment pouvait-elle prendre de tels risques au beau milieu du désert ? Qu'aurait-elle fait si un type animé de mauvaises intentions avait surgi au lieu de lui ?

— Choisis : c'est ton cheval ou le mien, gronda-t-il, les mâchoires serrées.

Les instruments météorologiques pouvaient s'avérer utiles, mais rien ne remplaçait l'instinct. Et son instinct lui criait de partir sans perdre une minute. L'air s'était chargé d'une pointe de soufre, le vent s'était levé et un halo rouge brun se dessinait autour du soleil, au plus haut dans le ciel.

Elle lui jeta un regard noir.

— Non, lâcha-t-elle entre ses dents.

Son obstination eut raison de son sang-froid et il la saisit par le bras.

Elle se débattit comme un chat sauvage, rua pour se dégager et tenter de lui échapper, lui perçant les tympans en jurant à faire rougir des oreilles chastes.

Rentrant la tête dans les épaules pour éviter ses coups, il l'attrapa par la taille, et la fit basculer sur son épaule, puis se dirigea à grandes enjambées vers le corral, ignorant ses poings qui lui martelaient le dos. Il la hissa sur le dos de son étalon.

Asad releva la tête, fit un écart. Kaliah cria, puis lâcha une nouvelle bordée de jurons tout en se rattrapant à la crinière de l'animal pour ne pas tomber. Profitant de ce qu'elle avait les mains occupées, Kamal détacha les rênes de la barrière et se hissa souplement sur sa monture derrière elle. Il enroula son bras autour de sa taille et la souleva pour l'installer sur ses genoux. Il enroula un bras autour de sa taille pour la sécuriser, ses fesses entrant en contact avec son entrejambe douloureux.

L'étalon se cabra dans un hennissement, surpris par le double poids. Kamal raffermit son contrôle sur l'animal et le calma d'une simple pression des genoux contre ses flancs. Kaliah tressaillit. Ses dents claquèrent.

— Espèce de... de butor ! haleta-t-elle, visiblement sous le choc.

Il y avait fort à parier que jamais personne n'avait cherché à la mettre au pas ni à lui imposer quoi que ce soit.

Elle luttait plus mollement, cherchant à reprendre son souffle, vaincue sans l'admettre encore par une volonté et une force physique qui surpassaient les siennes. Il allait néanmoins se garder de crier victoire. Ce n'était qu'une première étape gagnée et ça lui faisait craindre le pire pour la suite.

Elle n'y était pas allée de main morte avec ses ongles. Il en portait les traces sur son bras et sa joue qui le brûlait. Il claqua sa langue contre son palais pour enjoindre à la jument, qu'il avait déjà détachée et sellée, de les suivre.

Kaliah continuait de se tortiller sur la selle, de chercher à le griffer et de l'invectiver, mais ses mouvements étaient de moins en moins véhéments. Il talonna son cheval et s'élança au galop vers les montagnes.

Au bout d'une heure, il tira sur les rênes pour ralentir son étalon. Asad était aguerri aux conditions extrêmes du désert, mais continuer à ce train d'enfer sous le soleil qui tapait de plus en plus fort n'était bon ni pour les chevaux ni pour sa passagère ingérable. Les organismes étaient soumis à rude épreuve.

Elle se tenait immobile, raide comme une statue, le corps tendu, le souffle inégal. Il sentait sa poitrine se soulever et s'abaisser sous son bras.

Son silence lui parut plus assourdissant que ses cris de protestation.

Mais il s'en fichait. Elle pouvait bouder. Il s'en tiendrait à son plan.

Il n'était pas le genre d'homme qu'on congédie ou qu'on rejette et elle allait vite le comprendre.

La tension sexuelle et l'attraction qui couvaient entre eux étaient indéniables. Elle le désirait toujours et une fois qu'elle l'aurait admis, il lui montrerait en quoi le mariage pouvait leur être bénéfique à tous les deux.

— Mon père te tuera quand il découvrira ce que tu as fait. Tu viens de te faire un ennemi redoutable. J'espère que tu le réalises.

— Ton père me remerciera, lâcha-t-il, sans se démonter. Tu as besoin d'être mise devant tes responsabilités.

Khan serait sans doute furieux, mais il ne pouvait s'en prendre qu'à lui-même. Après tout, c'était lui qui l'avait laissée pousser comme une herbe folle sans lui fixer de règles. Et si cela signifiait une confrontation, eh bien tant pis. Il ne courberait plus l'échine, devant personne.

Une heure plus tard, l'épuisement eut raison de la colère de Liah. Son corps s'affaissait contre lui, malgré ses efforts pour rester droite.

Il lui fallait bien reconnaître que sa résistance et sa détermination forçaient son admiration. Kaliah Khan était une vraie battante.

Il souffla enfin en atteignant la gorge. Ils étaient à l'abri, protégés du soleil et de la chaleur par les parois rocheuses. Il baissa les yeux. Elle était affaissée contre son torse, assoupie.

Il dirigea Asad vers les versants rocheux, surplombant le lit de la rivière asséchée et s'enfonça entre les arbres. Épuisée, elle n'eut même pas la force de relever la tête quand ils arrivèrent dans le campement. Il la porta jusqu'à l'une des tentes qui servait de chambre et la déposa sur des coussins moelleux. Elle roula sur le côté, lui tournant délibérément le dos.

Il attendit que son épaule se lève et s'abaisse dans un rythme régulier, puis sortit de la tente pour s'occuper des chevaux. Et nettoyer les griffures sur son visage.

Dès qu'elle se réveillerait, ils mangeraient, et après il insisterait pour qu'elle se lime les ongles, songea-t-il.

Il la laisserait seule et ne tenterait pas de la toucher, même si ça le tuait de ne pas le faire. Il attendrait qu'elle soit prête et qu'elle vienne vers lui de son plein gré, quand elle en aurait envie – même si cela devait durer. Ils resteraient ici le temps qu'il faudrait pour lui faire entendre raison.

Il dessella Asad, puis Ashreen. Après les avoir nourris et fait boire, il les pansa, les brossa, cura leurs sabots. La fatigue lui tomba dessus et l'adrénaline qui avait inondé son organisme commença à refluer, remplacée par une sensation de malaise.

Il avait fait ce qu'il fallait pour mettre en sécurité Kaliah et la protéger d'elle-même, alors pourquoi ressentait-il ce poids au creux de l'estomac ?

Il jeta un coup d'œil dans le garde-manger réfrigéré et entreprit de préparer un ragoût pour le dîner. Il saupoudra de farine les morceaux de viande et les déposa dans la casserole sur le feu de camp.

Kaliah Khan menait une vie privilégiée, protégée. Elle n'avait pas eu à lutter, n'avait jamais connu le mépris. On ne lui avait jamais manqué de respect. Elle était aimée, chérie et gâtée. Une leçon de vie ne lui ferait pas de mal. On ne pouvait pas toujours faire comme on voulait.

Il observa les bulles se former et éclater à la surface du ragoût, puis ajouta herbes et épices. Elle avait refusé de le regarder dans les yeux, de lui parler. Elle était restée sur la défensive, tendue et fragile dans ses bras.

Il ne savait pas décrypter les émotions. Comment le pourrait-il alors qu'il n'avait jamais eu le loisir de se pencher sur ses propres états d'âme ? Quel intérêt de s'appesantir sur le passé et de regretter ce qui était fait ?

Son regard se perdit sur les parois rocheuses derrière lesquelles venait de disparaître le soleil. L'air s'était rafraîchi.

Une vague de découragement roula sur lui. Allait-il réussir à lui démontrer que leur mariage relevait de l'évidence ? Rien n'était moins sûr et cela ne lui parut plus aussi simple.

6

Liah se réveilla en sursaut, et promena un regard désorienté autour d'elle. Elle n'était pas dans sa tente… D'un coup, tout lui revint en mémoire. Elle ne s'était pas laissé faire. Elle avait frappé Kamal, elle l'avait griffé, mais il avait réussi à la maîtriser avec une facilité confondante, et une indifférence à sa colère tout aussi déconcertante.

Il l'avait jetée sur son épaule, puis l'avait hissée sans délicatesse sur son cheval. Elle s'était retrouvée plaquée contre un torse dur, un bras serré comme un étau autour de sa taille. Puis il avait lancé son cheval au galop sans aucune considération pour elle.

J'ai été kidnappée.

Elle frissonna. Elle ne savait même pas où elle était. Kamal avait mentionné une gorge. Se trouvaient-ils à Zokar ? Avait-il encore en tête cette idée de mariage ? Et s'il avait décidé de passer à l'action et de la forcer ? Comment diable allait-elle l'arrêter ?

Le cerveau en surcharge, elle passa en revue tous les scénarios possibles, tous plus effrayants les uns que les autres. La panique menaçait de la submerger. Elle inspira, cherchant à se raisonner et à relativiser.

Cet homme si élégant en smoking, qui lui avait fait connaître une nuit de plaisir, qui avait été si prévenant et attentif à ce qu'elle ressentait, ne pouvait pas être la brute épaisse qui venait de l'emmener ici sans lui demander son avis.

Elle devait se raccrocher à cette idée.

Elle avait mal à la tête et après toutes ces longues heures passées à cheval, tous ses muscles criaient de douleur.

Réfléchis, Liah. Réfléchis.

Elle ne pouvait compter que sur elle pour se sortir de ce mauvais pas. Les yeux fixés au plafond de la tente, sur l'ouverture de la ventilation, elle apercevait des étoiles filantes qui traversaient par intermittence le ciel d'un bleu d'encre.

Kidnappée ! Il m'a kidnappée !

Il n'y avait pas d'autre mot pour décrire ce qu'il venait de faire. Et puis, c'était quoi cette façon de la mettre devant le fait accompli et de ne jamais lui demander son avis ?

S'était-il encore convaincu qu'il venait de la secourir, cette fois d'une tempête de sable ? Qu'il l'avait kidnappée pour son propre bien ? C'était ridicule.

Selon les prévisions, la tempête ne devait pas frapper avant le lendemain – et puis même… Elle avait déjà vu des tempêtes, peut-être pas depuis un campement, mais les tribus du désert y survivaient, alors pourquoi pas elle ?

Elle se força à sortir du lit. Au moins, il lui avait laissé ses vêtements. Après avoir trouvé les sanitaires, à l'arrière de la chambre, elle s'aspergea le visage, effaçant sommairement les traces du voyage.

Elle trouva son sac qu'elle avait préparé en pensant rentrer à Narabie et sortit des vêtements propres. Elle se changeait, quand une odeur épicée appétissante vint chatouiller ses narines.

Son estomac grogna, lui rappelant qu'elle n'avait pas mangé depuis la nuit dernière.

Mais si elle sortait de la tente en étant furieuse avec de la fumée lui sortant du nez et des oreilles, et en exigeant qu'il lui donne à manger et qu'il la ramène au palais, elle allait juste le conforter dans son idée qu'elle était capricieuse et ingérable et qu'il n'avait pas eu d'autre choix que de faire ce qu'il avait fait. Ce serait tellement commode pour lui. Sauf qu'elle n'avait aucune intention de lui faciliter la vie.

Pour une fois, joue-la stratège, Liah.

Elle se concentra quelques instants sur sa respiration, puis releva lentement le rabat de la tente et risqua un œil à l'extérieur.

Elle repéra aussitôt Kamal. Il était accroupi près du feu de camp, à quelques mètres d'elle. Ses traits séduisants semblaient plus durs et plus indéchiffrables à la lueur vacillante des flammes.

Séduisant ? Non, mais qu'est-ce qui t'arrive ?

Il n'était pas séduisant. C'était un kidnappeur flippant... qui était loin de la laisser indifférente, songea-t-elle en le contemplant, le corps en émoi.

Quel était cet aphorisme déjà ? Ah oui... Connaître son ennemi pour vaincre sans péril... Cela lui apparut pertinent si elle voulait avoir une chance de se sortir de ce pétrin sans finir mariée par mégarde et sans déclencher un incident international entre Narabie et son plus proche voisin.

Sa première idée avait été la fuite. Attendre que la nuit tombe, que Kamal s'endorme et rentrer à bride abattue au palais royal, mais elle avait vite vu les limites de ce plan.

Elle n'avait aucune idée de l'endroit où elle se trouvait et elle n'avait ni boussole ni GPS. Ce n'étaient pas les quelques nuits qu'elle passait occasionnellement dans le luxueux campement approvisionné par son père, ni son diplôme en sciences politiques et histoire sur les royaumes du désert de Nazar – comprenant Narabie, Zafar, Zokar et les terres environnantes – qu'elle avait décroché à Cambridge avec mention, qui lui donnaient l'expérience nécessaire pour faire face aux dangers nombreux dans le désert.

Elle pourrait se perdre et mourir, seule dans le désert.

Elle était peut-être folle de rage, mais pas assez pour faire n'importe quoi et se mettre en danger. Elle avait quand même l'instinct de survie ! Elle allait donc devoir trouver une façon de lui faire entendre raison. Mais comment faire entendre raison à un ouragan de force dix ?

Il ne tourna pas la tête vers elle, même si elle aurait juré qu'il l'avait sentie.

Elle ne put s'empêcher de l'observer à la dérobée.

Il était accroupi, en appui sur ses talons, calme comme si ses muscles ne souffraient pas dans cette position prolongée qui semblait inconfortable. Elle avait vu son oncle Raif, chef de la tribu des Kholadis, s'asseoir de cette façon quand il était avec ses hommes.

Est-ce que ça disait quelque chose de Kamal ? De son passé ? Comment pouvait-il encore l'intéresser après ce qu'il venait de lui faire ? Pourtant, sa curiosité à son endroit n'avait pas faibli. C'était peut-être une bonne chose, après tout. Cela pouvait l'aider à trouver l'angle d'attaque pour le ramener à la raison. Ce serait néanmoins une âpre bataille à livrer vu son arrogance.

Elle était néanmoins tellement en colère contre lui qu'elle n'était pas sûre d'être en mesure de lui parler ce soir sans perdre son calme.

Son estomac gronda à nouveau, assez fort pour être entendu jusqu'au palais royal.

Kamal tourna la tête dans sa direction. Ils se mesurèrent du regard en silence comme si leurs deux volontés s'affrontaient. Elle avait toujours refusé de se courber devant un homme. Elle ne l'avait jamais fait, pas même devant son père.

Pourtant elle aimait et respectait son père.

Ce n'était pas le cas pour le prince Kamal.

Il se redressa, déployant sa haute silhouette. Il était pieds nus, les cheveux humides, sa chemise ouverte sur un pantalon d'équitation ample.

— Tu dois manger, dit-il sur un ton qui n'avait rien de la suggestion.

Comme elle avait envie de lui dire d'aller se faire voir ! Les mots lui brûlaient les lèvres, mais elle avait une faim de loup et ce qu'il avait cuisiné sentait délicieusement bon. Cela n'aurait pas été très malin de se lancer dans une dispute, le ventre vide, et le cœur en émoi.

Elle s'approcha du feu de camp et s'assit sur un rocher, non sans lui avoir décoché un regard bien senti, lui faisant clairement comprendre de ne pas la chercher.

Il dut saisir le message parce qu'il lui servit une généreuse portion de ragoût dans un bol en terre cuite sans dire un mot.

S'il pensait l'amadouer de cette façon, il se mettait le doigt dans l'œil.

Leurs doigts se frôlèrent au moment où elle prit le bol qu'il lui tendait. Elle tressaillit et retira sa main comme si elle venait de se brûler.

Elle leva les yeux et entra en collision avec une paire d'yeux qui la fixait avec la même intensité que la nuit qu'ils avaient passée ensemble. Il ne souriait pas et ne laissait rien transparaître, mais elle aurait juré qu'il ressentait ce désir brut, sans fard qui faisait crépiter l'air autour d'eux. Il était juste bien meilleur qu'elle pour contrôler ses réactions.

Elle se sentit soudain mise à nu, exposée comme s'il pouvait voir combien elle était dépendante de lui, de ses caresses. Sa vulnérabilité lui semblait suinter par tous les pores de sa peau.

Elle essaya de ne pas engloutir tout le contenu de son bol en trois coups de cuillère, mais elle était soudain pressée de retrouver la sécurité relative de sa tente. Elle avait besoin de se recentrer et de réfléchir à une stratégie – qui lui permettrait à la fois de rentrer chez elle et d'éteindre cette excitation qui la prenait en traître chaque fois qu'il s'approchait d'elle.

Comment pouvait-elle encore le désirer ? Souffrait-elle d'un genre de syndrome de Stockholm ? Était-ce le stress ?

Pourtant, elle devait l'admettre. Assise près de ce feu de camp, elle ne rêvait que de sentir ses mains partout sur son corps. Se sortir de cette galère n'allait pas être aussi facile qu'elle l'avait pensé parce qu'il semblait avoir un étrange pouvoir sur son corps.

Et ça craignait. Ça craignait même vraiment ! C'était cette puissante attirance presque magnétique qui l'avait conduite ici. Elle lui coula un regard en coin. Et nul doute qu'il savait l'utiliser contre elle. Alors apprendre à le connaître, découvrir les combats qu'elle le soupçonnait d'avoir eu à livrer une bonne partie de sa vie, comportait tout un tas de risques et de dangers qu'elle n'avait pas envisagés.

À commencer par une intimité qu'elle pourrait apprécier…

L'appétit soudain coupé, elle se leva et déposa bol et cuillère dans la cuvette qu'il avait posée près du feu, puis retourna sans un mot dans sa tente.

Il ne fit rien pour la retenir.

Il s'attendait peut-être à ce qu'elle le remercie, ou qu'elle se propose de faire la vaisselle. Eh bien, c'était mal la connaître. Elle était ici contre sa volonté, et elle n'allait certainement pas lui faciliter les choses.

Elle allait lui montrer son désaccord en lui opposant le silence. Cela lui semblait être la meilleure des options. C'était en tout cas la seule stratégie à laquelle elle était arrivée.

Elle referma le rabat de sa tente, l'attacha, les doigts tremblants, pour lui signifier de façon claire qu'elle ne souhaitait pas qu'il la rejoigne ce soir, ni les suivants. Elle avait soudain un mauvais pressentiment. Quelque chose lui disait qu'avec le prince Kamal, ce bras de fer risquait de durer très longtemps.

Encore bravo, Liah. Tu t'es surpassée, cette fois.

7

Ça ne marchait pas.

En se réveillant le troisième jour de ce campement forcé, Liah se rendit à l'évidence : sa stratégie du silence n'avait aucun effet sur Kamal. Elle avait passé grosso modo quarante-huit heures à lui battre froid et elle n'était même pas sûre qu'il l'avait remarqué.

Elle avait vraiment pensé qu'il finirait par craquer. Elle avait d'ailleurs préparé un petit discours pour ce moment précis qu'elle se repassait en boucle dans sa tête. Elle brûlait d'envie de lui dire ce qu'elle avait sur le cœur et de le mettre en garde contre les conséquences de ce qu'il venait de faire s'il ne la ramenait pas illico à Narabie.

Mais il ne réagissait absolument pas, et après trois jours, et à peine quelques mots échangés, c'est elle qui était sur le point d'imploser de frustration.

Il s'occupait des chevaux, préparait les repas, rangeait le camp, avant de disparaître, une grande partie de la journée sur son étalon. Il ne lui avait pas demandé de participer aux tâches quotidiennes sur le camp, n'avait pas cherché à évoquer leur nuit, ni mis sur le tapis la question de sa demande en mariage.

La veille, profitant d'une de ses absences, elle était allée explorer les environs avec Ashreen, espérant encore naïvement qu'elle n'était pas trop loin de Narabie. Après avoir galopé une bonne heure, elle était arrivée au bout de la gorge, devant une étendue de sable qui se déroulait à perte de vue. Elle avait scruté le paysage sauvage et inhospitalier, voire hostile, derrière les jumelles qu'elle avait trouvées sur le camp, et n'avait rien distingué de familier. Ni jalon ni formation rocheuse reconnaissable.

Elle n'avait eu d'autre choix que de rebrousser chemin. Elle s'était attendue à ce que Kamal lui reproche de s'être éloignée sans le lui dire et avait même espéré qu'il se mette en colère. Elle aurait pu le confronter, crever l'abcès pour faire baisser la tension qui rendait l'air irrespirable. Mais il l'avait simplement dévisagée, sans dire un mot. Pendant un bref instant, elle avait cru voir du soulagement dans ses yeux, mais elle avait dû l'imaginer parce qu'il s'était contenté de lui tendre une assiette de viande grillée et de riz, avant de reporter son attention sur sa propre assiette.

Elle resta allongée, les yeux fixés sur le toit de la tente. La lumière du jour filtrait par le trou de ventilation.

À se demander qui ignorait qui. Et à ce petit jeu qu'elle avait initié, il la battait à plate couture, ce qui l'exaspérait encore plus.

Comment diable était-elle censée faire avec un homme si contrariant qui la prenait sans cesse à revers ? Qu'attendait-il d'elle à la fin ? Pourquoi l'avoir emmenée ici si ce n'était pas pour la forcer à accepter de l'épouser ?

Elle repoussa les draps en lin et se leva.

Après une toilette de chat, elle chercha une tenue propre dans son sac.

Formidable.

Quelque chose lui disait qu'ils seraient encore là les prochains jours et qu'ils se comporteraient toujours comme deux adolescents de mauvais poil ! Elle n'aurait même plus une petite culotte propre pour le lendemain.

Son père devait certainement la chercher à cette heure.

Kamal devait lui faire savoir qu'elle allait bien et où elle se trouvait.

Quant à elle, elle devait laver quelques vêtements. Elle savait qu'il y avait une source d'eau tout près – elle était presque sûre qu'il s'y baignait. Elle ne l'avait pas vérifié, préférant éviter l'endroit pour ne pas se retrouver dans la même position gênante qu'à l'oasis Aleaza.

Une vague de chaleur éclata sur sa peau au souvenir du regard brûlant de Kamal, balayant son corps alors qu'elle sortait de l'eau.

Elle enfila un jean et un T-shirt, puis sortit de la tente. Le campement était vide. Pas de trace de Kamal ou de son cheval nulle part. Tout le monde n'était décidément pas logé à la même enseigne, certains étant plus libres de leurs mouvements que d'autres !

Elle attrapa ses vêtements à laver tout en pestant entre ses dents.

Après être allée voir Ashreen, dont s'était déjà occupé Kamal avant de disparaître, elle s'enfonça dans les fougères et les palmiers qui entouraient le campement et suivit le lit d'un fin ruisseau.

Elle emprunta une piste qui sentait le jasmin et la sauge du désert et s'enfonça dans la gorge. Le ruisseau s'élargissait au fur et à mesure que le sol devenait sablonneux et elle entendit le bruissement d'une source d'eau qui se faisait de plus en plus insistant.

Elle finit par émerger d'un bosquet d'arbres sur une crique de sable et découvrit un étang vaste et profond d'un bleu irisé.

Ce point d'eau était bien plus grand et spectaculaire que celui d'Aleaza, bordé par une plage d'un côté et la base d'un escarpement rocheux de l'autre d'où s'échappait une impressionnante chute d'eau de près de neuf mètres.

Elle resta immobile, saisie par la beauté des lieux.

Elle était prête à se déshabiller pour se baigner quand

elle entendit un hennissement. Le cheval de Kamal sortit du couvert des arbres à l'autre bout du rivage. Le magnifique animal se dirigea vers l'eau et s'abreuva. Le voile de sueur sur ses flancs et sur sa croupe laissait penser qu'il avait galopé longtemps. Elle ne vit ni selle ni bride.

Où était Kamal ?

La raison lui commandait de retourner vers le camp, mais elle resta figée sur place.

La tête sombre de Kamal venait d'émerger de l'eau, à quelques mètres d'elle. Elle se recula, se mettant à couvert sous la végétation, et l'observa fendre l'eau, fascinée par ses mouvements réguliers et précis.

Elle apercevait par intermittence ses fesses fermes. Les battements erratiques de son cœur trouvèrent un écho troublant entre ses jambes. Il était nu.

Elle le suivit des yeux alors qu'il se propulsait à la surface de l'eau vers un affleurement rocheux sous la cascade.

Elle avait conscience qu'il pouvait à tout moment la surprendre en train de le mater, mais elle ne parvenait pas à bouger ni même à détourner les yeux.

S'accrochant aux rochers couverts de mousse, il se hissa hors de l'eau. Elle l'admira tout à loisir. Son regard erra sur ses jambes, ses cuisses musclées et l'arrondi ferme de ses fesses plus pâles, puis remonta jusqu'à son dos.

Elle écarquilla les yeux, retint son souffle. Sa peau cuivrée était zébrée de cicatrices. Tellement de cicatrices.

— Oh ! non, chuchota-t-elle, les yeux brûlants.

Même à cette distance, elle les distinguait clairement. Des sillons plus ou moins profonds et irréguliers recouvraient son dos, s'étirant de ses omoplates jusqu'au creux de ses reins. Elle s'était interrogée quand elle les avait sentis sous ses doigts.

Il ramena ses cheveux mouillés en arrière et se glissa sous la cascade d'eau qui jaillissait d'une fissure dans la paroi rocheuse. Les cicatrices étaient anciennes, des stigmates de mauvais traitements sans doute subis dans l'enfance. Kamal, adulte, était une force de la nature et il n'aurait jamais laissé personne lui faire ça.

Était-ce la raison pour laquelle il avait gardé sa chemise pendant leurs ébats ?

Son cœur se serra et elle ressentit un mélange de peine et d'empathie.

Elle eut soudain l'impression de violer son intimité et elle recula sous la végétation, gênée de se comporter comme une vulgaire voyeuse, avant de rebrousser chemin le long du sentier rocailleux, son paquet de linge sale dans les bras. Les battements de son cœur cognaient dans sa gorge et un souvenir, peut-être un de ses tout premiers, affleura en lisière de sa conscience. Elle était une petite fille, et se trouvait avec son père et son oncle Raif. Elle avait croisé le regard doré d'un employé de maison.

Elle n'avait jamais oublié ce garçon – un grand dans ses yeux d'enfant, mais qui n'était encore qu'un adolescent, dégingandé et bien trop fin pour tenir tête à la brute qui s'était jetée sur lui pour le corriger.

Elle se souvenait encore du bruit de la ceinture cinglant l'air, lacérant la peau, des hurlements de l'homme et des gémissements de douleur du garçon qui levait ses bras pour tenter de se protéger des coups qui pleuvaient. Elle avait crié, suppliant son père d'arrêter l'homme.

Elle revoyait son père attraper le bras de l'homme pour l'empêcher de frapper une nouvelle fois.

Toute la scène horrible défila devant ses yeux. Son père qui réprimandait l'homme et réconfortait d'une voix douce le garçon.

Elle se souvenait de l'admiration et de l'amour qu'elle avait ressentis pour son père. Son cœur s'était mis à grossir et à battre fort, puis il s'était fendillé quand elle avait ressenti de la détresse et de la compassion pour le garçon...

Elle avait croisé son regard mordoré ce jour-là. Elle se rappelait avec précision son visage livide et ses pommettes hautes et creusées. Mais c'est la colère et surtout la fierté qui faisaient briller ses yeux. Elle s'en souvenait comme si c'était hier et pas quinze ans plus tôt. Il y avait du sang sur sa chemise, mais il n'avait pas pleuré.

Elle battit des paupières, refoulant les larmes qu'elle sentait monter.

À l'instant où elle avait vu Kamal, il lui avait paru étrangement familier. Elle savait maintenant pourquoi. Il avait eu la même expression quand son père lui avait dit non pour le mariage.

La nuit tombait sur la gorge quand Kamal revint sur le campement. Il était allé une dernière fois piquer une tête dans l'eau froide pour garder l'esprit clair et faire baisser un peu la tension sexuelle qui agitait son corps. Trois longues journées qu'il attendait qu'elle vienne vers lui... Et autant de nuits interminables.

Encore combien de temps allait-elle l'ignorer et ignorer leur attirance ?

Il avait passé les deux derniers jours à chevaucher Asad, s'aventurant de plus en plus loin du campement pour mettre de la distance entre eux.

Il était parti ce matin avec l'intention de ne pas revenir avant la tombée de la nuit, malgré sa crainte de la voir faire à nouveau quelque chose d'aussi imprudent que de s'éloigner du camp comme elle l'avait fait la veille. Il l'avait suivie à distance, jusqu'à la lisière du canyon.

Il l'avait observée avec ses jumelles alors qu'elle scrutait le désert qui s'étendait à perte de vue devant elle, stressé et inquiet à l'idée qu'elle s'y aventure. Il aurait été prêt à la suivre, si elle avait été tentée de le faire.

Le soulagement et la fierté l'avaient traversé quand il avait vu les épaules de la jeune femme s'abaisser et l'expression de défaite sur son visage quand elle s'était retournée. Kaliah Khan était peut-être volontaire, impulsive et insouciante – bien trop fascinante pour sa tranquillité –, mais elle n'était pas folle.

Quand il l'avait retrouvée sur le campement, le soir, il n'aurait su dire ce qu'il avait eu le plus envie de faire : la toucher, la prendre dans ses bras, ou exiger de savoir ce qui lui était passé par la tête, en pensant qu'elle pourrait survivre dans le désert.

Il voulait qu'elle se sente libre, mais il ne faisait pas confiance à ses réactions quand il était question d'elle.

Il pesta entre ses dents.

Asad s'ébroua en arrivant sur le campement et Kamal l'attacha près d'Ashreen. Il flatta la jument à l'encolure, lui caressa le dos, surpris de voir que Liah l'avait nourrie et qu'elle avait même nettoyé l'enclos.

Un petit sourire lui vint aux lèvres.

Enfin. Était-ce un fléchissement. Avait-elle décidé d'arrêter de bouder ?

Peut-être allait-il enfin lui faire entendre raison.

Bien qu'à cet instant, cela lui passât au-dessus de la tête. Il voulait juste rentrer dans ses bonnes grâces, la prendre dans ses bras et qu'elle lui pardonne de l'avoir emmenée ici sans lui demander son avis.

Il brossa son étalon, lui donna à manger, ajouta de l'eau fraîche dans l'abreuvoir.

Il sortit de l'enclos et s'immobilisa, sous le coup de la surprise.

Kaliah était assise près du feu qu'elle avait allumé, en jean, bottines et T-shirt qui mettaient en valeur sa silhouette.

Les flammes vacillantes dansaient sur son visage mat qui semblait briller de son propre feu dans le crépuscule.

Une vague de chaleur se concentra au creux de ses reins et il ravala un grognement. Il lui suffisait de la voir pour réduire à néant tous ses efforts pour mettre au pas sa libido. Elle tourna la tête vers lui et leurs regards se rencontrèrent. Une odeur chaude de plat en sauce parfumait l'air.

Avait-elle cuisiné ? Pour lui ?

Une drôle de sensation s'insinua sous ses côtes. Il avait de nombreux chefs cuisiniers au palais à Zokar, capables de lui concocter quantité de plats à faire saliver le plus fin des gourmets. Et du personnel chez lui, dans sa maison, sur les contreforts des terres tribales, qui pouvait lui préparer ce qu'il voulait. Enfant, quand il allait se coucher le ventre vide, il s'était juré qu'il ne souffrirait jamais de la faim à l'âge adulte, qu'il pourrait s'offrir les mets les plus chers, les plus savoureux.

Mais jamais personne n'avait cuisiné pour lui, sans être payé pour le faire. Et il était surpris que Kaliah se plie à cet exercice domestique, alors qu'elle avait vraisemblablement plutôt envie de lui arracher les yeux.

Un effluve épicé lui chatouilla les narines. S'était-il trompé sur elle ? S'était-il fait de fausses idées ?

Elle se releva en le voyant s'approcher du feu et enfonça ses mains dans les poches arrière de son jean.

Il scruta son visage, ne perçut pas de colère dans ses yeux. Elle semblait juste sur la réserve.

— Je me suis dit que c'était mon tour de nous faire à manger.

Il hocha la tête, pris au dépourvu.

— Ça sent bon.

Elle s'humecta les lèvres d'un petit mouvement de langue séduisant qui électrisa toutes ses terminaisons nerveuses.

— Assieds-toi, dit-elle, en lui désignant de la main l'autre côté du feu de camp. Je vais te servir un bol pour que tu goûtes.

Il n'avait pas envie de s'asseoir si loin d'elle, mais il obtempéra. Cette trêve qu'il n'osait espérer était trop fragile pour la tester.

En la regardant lui verser une généreuse portion dans l'un des bols en terre cuite, il prit soudain conscience qu'il avait toujours été confronté à la colère ou à la violence. Il avait toujours dû croiser le fer, combattre le feu par le feu pour obtenir ce qu'il voulait. Il avait fini par l'intégrer dans ses réactions.

Il avait eu recours à la contrainte pour emmener Liah ici quatre jours plus tôt, et les doutes sur la méthode ne le lâchaient plus. Il restait convaincu qu'il devait le faire, parce qu'il ne l'aurait jamais laissée seule au beau milieu d'une tempête, mais il aurait pu s'y prendre autrement. Y aller avec plus de finesse… Mais savait-il faire ça ?

Il ne lui avait pas laissé le choix et il ressentait une sorte d'incertitude, une émotion qui lui était étrangère jusqu'à présent, chaque fois qu'elle le regardait comme si elle voulait l'écorcher vif.

Il avait été perturbé en comprenant qu'elle était vierge et le mariage lui avait paru la vraie seule solution digne. Mais ces derniers jours, les questions l'assaillaient. Pourquoi l'avait-elle choisi lui pour être son premier amant ? Elle lui avait fait confiance pour quelque chose d'aussi important, alors qu'ils étaient des étrangers l'un pour l'autre ?

S'était-il montré à la hauteur de sa confiance ?

Il prit le bol qu'elle lui tendait, ressentit comme une décharge électrique au moment où leurs doigts s'effleurèrent.

Elle reprit sa place sur son rocher, frotta ses paumes contre son jean. Il baissa la tête sur son bol, retenant un sourire.

Pourquoi compliquer ce qui se passait entre eux ? Elle le désirait, voilà pourquoi elle l'avait choisi.

Il plongea une cuillerée de ragoût dans sa bouche et laissa les saveurs exploser sur sa langue.

Il passa les cinq minutes suivantes à manger et fit honneur au repas qu'elle lui avait préparé, finissant son bol, jusqu'à la dernière goutte de sauce.

Kaliah Khan n'était pas idiote. C'était peut-être un geste intéressé. Mais c'était un pas vers lui qu'il comptait bien utiliser. La communication était toujours meilleure que le silence pour ouvrir les négociations.

Il reposa le bol vide et allongea ses jambes tout en promenant son regard sur Liah, laissant la chaleur bienfaisante du feu se diffuser à travers son corps repu.

Leurs yeux se connectèrent.

— C'était délicieux, dit-il d'une voix rauque.

— Je suis contente.

Il sonda son regard, sans déceler la moindre trace de calcul. Elle semblait revenue à de meilleurs sentiments à son égard. Ce serait du temps de gagné si elle acceptait l'idée du mariage. S'il y avait une façon pour qu'ils aient tous les deux ce dont ils avaient besoin, il avait l'intention de le découvrir. Ce soir.

— Alors, dites-moi, Votre Majesté, murmura-t-il, reprenant espoir. Y a-t-il quelque chose que je pourrais faire et qui vous ferait plaisir ?

•

Liah se laissa happer, plus que consentante, par la promesse de plaisirs charnels qu'elle lisait dans ses yeux. Elle avait conscience de jouer avec le feu. À son sens, un Kamal Zokan détendu et satisfait était plus dangereux que la version « écorché vif » et autoritaire.

Elle ne put néanmoins pas retenir la question qui la tenaillait depuis le matin.

— Pourquoi ne m'as-tu pas dit qu'on s'était déjà vus, il y a longtemps ?

Il se redressa, les sens en alerte. Sa réaction lui confirma qu'elle avait vu juste. L'homme qui serait bientôt le roi de

Zokar et ce jeune employé de maison maltraité étaient une et seule même personne.

Il l'observa, les yeux mi-clos.

— Je ne vois pas de quoi tu parles, dit-il sur la défensive.

Il semblait déterminé à taire cette partie de sa vie. Mais pourquoi ?

Elle réprima un soupir, rougissante à l'idée de lui révéler pourquoi elle pensait l'avoir reconnu.

— Je suis allée jusqu'à la source d'eau ce matin. Je voulais laver des vêtements. Mais tu y étais déjà… en train de te baigner. Tu… tu me tournais le dos.

Le muscle à l'angle de sa mâchoire tressauta.

— Tu m'as espionné ?

— Oui, je suppose qu'on peut dire ça. Et je suis désolée, dit-elle en baissant les yeux, malgré elle.

Elle déglutit, déstabilisée par son visage indéchiffrable.

— J'ai eu la sensation de te connaître, dès notre rencontre dans l'hippodrome. Il y avait quelque chose chez toi de familier, mais je n'arrivais pas à mettre le doigt dessus. Peut-être parce que j'étais petite et que cela remonte à longtemps. C'est en voyant les cicatrices sur ton dos que tout m'est revenu. C'était un après-midi, lors d'une visite officielle de mon père à Zokar. Le jeune garçon qui faisait le service a été frappé par son employeur. La violence a surgi dans ma vie protégée comme un coup de tonnerre.

Devant le visage impassible de Kamal, les mots lui échappaient. Elle avait la sensation de ne pas pouvoir s'arrêter, en proie à une incontinence verbale.

Comment grandissait-on dans un environnement hostile et cruel ? Comment y avait-il survécu ? N'y avait-il eu personne pour le protéger ? Qu'était-il arrivé à ses parents ?

— J'en ai fait des cauchemars longtemps après. Je n'ai jamais oublié le courage de ce garçon. Son refus de baisser la tête. Il semblait si fort, si fier.

Elle prit une inspiration et demanda d'une petite voix :

— Pourquoi ne m'as-tu pas dit que tu étais ce garçon ?

Lui en voulait-il pour l'enfance dorée qu'elle avait eue ? Elle pourrait le comprendre. Était-ce pour cela qu'il l'avait ignorée au cours des quatre derniers jours ? Elle s'en voulut de ne pas avoir participé aux tâches. Cela avait dû le conforter dans les fausses idées qu'il s'était faites sur elle.

Il la croyait capricieuse, gâtée pourrie, mais en vérité, ses parents leur avaient donné à ses frères et elle une éducation la plus normale possible, sans passe-droits ni favoritisme. Ils avaient tous grandi, conscients de leurs devoirs. Mais ce n'était, semblait-il, pas l'image qu'elle avait renvoyée à Kamal... À cet instant, elle aurait voulu appuyer sur un bouton de rembobinage, repartir de zéro avec lui et lui prouver qu'elle ne s'était jamais considérée au-dessus de lui, ni trop bien pour se marier avec lui.

— Ton enfance ne te définit pas et cela ne change pas mon ressenti pour toi, poursuivit-elle, consciente d'avancer sur des sables mouvants.

Kamal observa les émotions glisser sur le visage de Kaliah. Tout son être irradiait la compassion. Il sentit une chaleur troublante envahir sa poitrine, et il s'en serait bien passé.

En proie à un chaos émotionnel, Kamal ne sut pas quoi répondre.

Une part de lui voulait nier. Il se sentait soudain mis à nu, vulnérable comme il l'avait été autrefois. Personne ne connaissait la vérité sur ses origines, pas même les anciens de la tribu. Ni Aziz. S'ils l'apprenaient, ils s'en serviraient contre lui.

Liah avait vu les cicatrices qu'il s'était toujours appliqué à dissimuler et cette pensée lui tordit les tripes. Il ne percevait néanmoins aucun jugement dans son regard. Était-elle le type de l'infirmière qui vient au secours des âmes blessées et qui recueille les chats errants ? Ou était-ce juste une manœuvre pour gagner sa confiance et sa coopération ?

Il ne le pensait pas. Rien dans sa voix ou dans ses yeux n'exprimait le calcul et la duplicité.

Kamal se leva, troublé, et contourna le feu, pour la rejoindre. Il lui attrapa le poignet et la releva. Ils étaient si proches qu'ils se touchaient presque. Elle scrutait son visage en quête de réponses, cherchant à entrapercevoir le garçon vaillant de son souvenir. La compassion brillait dans ses yeux.

Il posa sa paume sur sa joue, caressa sa peau douce, fit glisser son pouce sur sa lèvre inférieure, affamé de ce simple contact.

— Je ne t'ai rien dit parce que ce garçon-là est mort. Il n'existe plus depuis longtemps.

Ses yeux s'agrandirent, et il réalisa qu'il venait de lui avouer quelque chose qu'il n'avait jamais révélé à personne. Il avait appris la mort d'Hamid peu de temps après s'être engagé dans l'armée. Après être devenu riche, il avait effacé son passé. Il avait littéralement fait détruire toutes les traces écrites de son apprentissage et de son passage à l'orphelinat à Zultan.

— Tu en es sûr ?

Elle couvrit sa main de la sienne, le regard brillant d'une émotion qu'il n'identifia pas.

— Je ne suis pas sûre que ce soit le cas, Kamal.

Il enfouit les doigts dans ses cheveux et attira son visage contre le sien. Il inspira son odeur, les yeux fermés.

— Ne me confonds pas avec ce garçon, ou je vais devoir te montrer l'homme que je suis, murmura-t-il tout contre ses lèvres.

Son regard s'assombrit, ses pupilles immenses avalant

presque ses iris bleus. Elle frissonna, lui faisant penser à un cheval sauvage sur le point de se soumettre.

Elle le caressa des yeux, entrouvrit les lèvres en une invitation silencieuse. À laquelle il ne résista pas.

8

Liah entrouvrit les lèvres sous la langue de Kamal, exigeante, séductrice. Elle se pressa contre son corps, la respiration en suspens, comme si elle venait de poser les mains sur un fil électrique dénudé, et ignora la petite voix de prudence dans sa tête.

Elle avait besoin de ça, de lui… du besoin enivrant qu'il avait d'elle. Elle l'entendait au son âpre et irrégulier de sa respiration. Elle agrippa sa chemise pour l'attirer tout contre elle. Il laissa promener ses mains le long de son dos, jusqu'à ses fesses qu'il empoigna fiévreusement, et il la plaqua contre son érection, avant de la soulever du sol.

— Mets tes jambes autour de ma taille, chuchota-t-il contre ses lèvres.

Elle obtempéra sans se faire prier, incapable de se détacher de la brûlure de ses iris mordorés, et se mit à couvrir son visage de baisers, suivant des lèvres la ride sur son front, la cicatrice sur sa joue, l'angle de sa mâchoire tandis qu'il traversait le campement jusqu'à sa tente.

Il écarta le rabat de la tente et s'avança dans l'espace luxueux éclairé par le clair de lune pour la déposer sur ses pieds à côté du lit.

Il envoya balader sa chemise, puis son pantalon.

— Déshabille-toi, Kaliah.

Avec un frisson, elle fit passer son T-shirt par-dessus sa

tête, retira ses bottines et son jean, fit subir le même sort à ses sous-vêtements jusqu'à ce qu'ils se trouvent nus l'un et l'autre, si près que leurs pieds se touchaient presque.

Elle posa ses mains sur son torse, caressa ses épaules, ses omoplates. Elle n'avait rien idéalisé. Il était encore plus séduisant que dans son souvenir. Elle le sentit frissonner quand elle effleura à l'aveugle les marques en relief et, poursuivant son exploration, découvrit d'autres cicatrices – une plus fine sur son torse, une autre en travers de ses côtes, et encore une qui éraflait ses obliques. Son cœur se dilata, soudain à l'étroit. Comment avait-elle fait pour ne pas les voir ? Tant de douleur, tant de souffrances inscrites sur sa peau.

Elle caressa son torse, glissa sur ses tétons plats, puis la fine ligne de poils, jusqu'à son érection dressée, longue et épaisse.

Il tressaillit, laissant échapper un grondement sourd quand elle toucha son sexe du bout des doigts, alternant caresses et pression sur toute sa longueur.

Elle avait envie de le goûter, de l'explorer, de lui montrer qu'elle appréciait tout chez lui.

Elle s'agenouilla devant Kamal, leva les yeux vers lui, électrisée par la passion qui embrasait son regard tandis qu'il l'observait lui faire toutes ces choses avec ses doigts. Il parut surpris lui-même par l'intensité de son désir, et un sentiment de puissance la submergea.

— Kaliah, gronda-t-il. Qu'est-ce que tu me fais ?

Elle referma ses doigts à la base de son sexe bandé, l'enserra lentement tout en imprimant une légère pression, puis s'inclina et se mit à le caresser avec sa langue, ses dents, ses lèvres, cherchant à le rendre fou de désir comme il l'avait fait avec elle.

Elle finit par le prendre en bouche, aussi loin que le lui permettait sa taille, et se mit à le lécher. Sans la quitter du regard, il glissa une main dans ses cheveux, le corps frissonnant de volupté, bougeant les hanches d'avant en arrière sous ses attentions. Elle le suça, l'aspira, se servant de sa langue et de ses doigts, absorbant chacun de ses frissons, chacun de ses gémissements, chacun de ses tressaillements de plaisir.

— Assez, ou tout sera fini avant d'avoir commencé…

Il la releva sur ses pieds pour l'embrasser à pleine bouche. Sentait-il leurs saveurs mêlées sur sa langue ?

Ils tombèrent sur le lit, enlacés, leurs membres emmêlés, avides et insatiables.

Il se recula soudain, la retourna sur le ventre et, lui soulevant les hanches, la mit à quatre pattes. Elle tressaillit, basculant la tête en arrière en sentant la pression de son érection contre son intimité.

— Tu es tellement étroite, Kaliah.

Il se positionna contre son sexe, promenant son gland le long de ses replis gonflés, effleurant, caressant, excitant. Elle gémit, frissonnant alors qu'il s'insinuait légèrement en elle sans vraiment la pénétrer, se cambrant instinctivement pour amplifier les sensations. Il se retira lentement, avant de s'insinuer à nouveau en elle, la maintenant sur la crête d'un plaisir explosif.

— Dis-moi que tu me veux, que tu veux tout de moi.

— Oui… Oui…, gémit-elle, le souffle court.

Il lui agrippa les hanches fermement, la maintint immobile, et finit par forcer le passage, s'enfouissant en elle d'une poussée impérieuse. Il prenait le contrôle de son corps, la submergeait. Il était partout, imposant, irrésistible. Elle se sentait remplie, possédée, dévorée.

C'était une sensation brute, charnelle qui la fit haleter sans retenue.

Il entama un mouvement langoureux de va-et-vient. Ses muscles se contractant autour de lui alors qu'il ondulait les hanches, et s'enfonçait plus lentement, plus profondément, l'emplissant jusqu'à avoir l'impression de ne faire plus qu'un avec elle. Le torse pressé contre son dos, il prit ses seins en coupe dans ses mains, les caressa, les pétrit, la soumettant entièrement à son désir.

Elle bredouillait des mots incohérents, l'implorait d'aller plus vite, plus fort, mais il lui imprimait le rythme qu'il désirait, lent et implacable, la maintenant dans le vide. Le plaisir montait puis s'arrêtait à la frontière de l'orgasme. Ses muscles se contractaient, cherchant une délivrance qu'il refusait de lui donner.

— S'il te plaît... c'est trop, je ne peux pas !

— Oh si tu peux, lâcha-t-il d'une voix aussi fiévreuse que la sienne.

Un gémissement rauque monta dans sa gorge tandis qu'un spasme de plaisir la faisait vaciller, lui volait son souffle, ses peurs.

Elle ondulait malgré elle pour aller au-devant de ses coups de reins et finit par glisser sa main sur son intimité pour mettre un terme à cette tension, mais il entremêla ses doigts aux siens et caressa son clitoris pour soulager la tension qu'il avait créée en elle.

Une vague brûlante de plaisir monta, rapide et intense, et la traversa de part en part.

Elle savourait la friction de son sexe qui coulissait en elle, submergée par les sensations déchaînées qui enflaient dans son corps quand une nouvelle onde de volupté d'une intensité totalement inédite la percuta dans un embrasement qu'elle ressentit dans les moindres recoins de son cœur et de son âme.

Dans un grognement, il s'enfouit une dernière fois en elle, avant de basculer à son tour dans l'orgasme, jouissant spasme après spasme en elle.

Avec un grondement, Kamal se retira et roula sur le côté. L'alchimie était incendiaire entre eux – peut-être trop.

Il n'était pas préparé à la voir à genoux entre ses jambes, à la vision de sa bouche autour de lui. À la chaleur mouillée de ses lèvres parfaites autour de lui. À cette détermination quand elle avait levé les yeux vers lui. À sa douceur teintée de compassion qui l'avait totalement défait.

Liah se redressa et s'assit au bord du lit, lui tournant le dos. La sentant se lever, il la rattrapa par le bras.

— Non... reste..., dit-il d'une voix plus brusque et impérieuse qu'il ne l'avait voulu.

Elle le regarda par-dessus son épaule, esquissa un petit sourire prudent, presque timide qui affola son cœur.

— D'accord, murmura-t-elle en venant se nicher entre ses bras.

Il l'enlaça plus étroitement sans chercher à analyser ce besoin de la toucher, de la tenir contre lui, un besoin qu'il n'avait jamais ressenti avec aucune autre femme.

Il l'attira contre son torse, s'enroula autour d'elle et approcha le nez de ses cheveux, huma son parfum, envahi par une sensation de contentement. Il sentit son sexe durcir à nouveau.

— Minute, papillon, dit-elle d'une voix ensommeillée. Tu m'as épuisée.

— N'y fais pas attention. Je n'ai aucun contrôle sur cette partie de mon corps quand tu es près de moi, s'entendit-il dire, avec un petit rire satisfait.

Il prit ses cheveux dans son poing et pressa ses lèvres contre sa nuque. Son frisson sous ses lèvres électrisa ses pulsions possessives.

— Je n'ai pas utilisé de préservatif. C'est un problème ?

Ça n'en serait pas un pour lui, si elle tombait enceinte. Cela serait même dans l'ordre des choses. La vision de son corps, souple et épanoui par la grossesse, était hautement érotique.

— Pas de maladie transmissible ? lança-t-elle avec un franc-parler qui le surprit.

Il lui caressa la nuque du pouce, descendit plus bas, suivant la ligne gracieuse de son épaule, incapable de s'empêcher de la toucher.

— Non, rien à signaler de ce côté-là. Je n'ai jamais couché avec une femme sans protection.

Encore une première pour lui, avec elle.

Ses doigts s'aventurèrent le long de ses côtes, sur sa taille. Il posa la main sur son ventre, imaginant un enfant – son enfant – grandissant en elle.

Il n'avait jamais pensé à la paternité jusqu'ici, mais l'idée de Kaliah Khan portant son fils ou sa fille, rendait la chose plus concrète. Et terriblement plus attractive.

Elle serait sienne. Pour toujours.

— Je pensais plutôt à une possible grossesse.

Elle entremêla ses doigts aux siens avec un soupir et écarta leurs mains jointes de son ventre.

— Il n'y a pas à s'inquiéter. Je prends la pilule.

Il fronça les sourcils, aussi déçu que si on venait de lui reprendre des mains son cadeau de Noël.

— Pourquoi ça ? Puisque je suis ton premier amant ?

Elle se raidit entre ses bras et le regarda par-dessus son épaule, le rouge aux joues.

— Je crois pouvoir dire que ça ne te regarde pas, Kamal.

Bien sûr que ça me regarde ! Tu vas devenir ma femme.

— Mais juste pour info, tu n'étais pas mon premier amant.

OK, trop c'était trop. À quoi jouait-elle avec lui ?

— Pas possible quand on sait tous les deux que tu étais vierge ?

— Encore une fois, ce ne sont pas tes affaires, dit-elle en se dégageant de ses bras.

Elle sortit du lit et attrapa son T-shirt par terre, l'enfila.

— Je retourne dans ma tente. C'était manifestement une erreur.

Il bondit du lit et la retint par le poignet.

Elle posa les yeux sur son érection triomphante, avant de remonter. Elle croisa son regard, le rouge aux joues.

— Non, Kamal, on ne va pas le refaire.

— Je t'ai dit d'ignorer les réactions de mon corps et je ne forcerai jamais une femme. Mais dis-moi, si je ne suis pas ton premier amant, qu'as-tu fait avec les autres ? Est-ce que tu t'es mise à genoux devant eux aussi ? Est-ce que tu les as rendus fous de désir comme tu viens de le faire avec moi ? lança-t-il sur un ton qui cachait mal sa jalousie.

Liah tira sur son poignet pour se libérer et lui jeta un regard noir. Kamal Zokan était impressionnant et un peu trop sexy quand il se la jouait gorille à dos argenté, se frappant le torse du poing. Il était aussi apparemment à l'aise dans le plus simple appareil.

Bon sang !

La vérité était qu'elle n'avait jamais dépassé le stade des baisers avec ses petits amis au lycée et à la fac. Elle avait commencé à prendre la pilule six mois plus tôt quand elle avait pensé que cela devenait sérieux avec Colin, jusqu'à ce qu'elle le surprenne en pleine conversation avec un ami à lui.

« Chiante, froide, coincée, mais elle est sublime, et elle sera reine un jour. Alors je suis plus que prêt à souffrir pour la cause. »

Peut-être s'était-il un peu laissé emporter dans le feu de la conversation avec son pote, mais il l'avait fait à ses dépens. Elle avait vraiment cru qu'il l'appréciait pour elle-même. Qu'il la trouvait sexy et intéressante. Comment avait-elle pu autant se tromper sur cet idiot ? Ils ne se fréquentaient que depuis un mois et elle avait cru le connaître.

Colin n'avait jamais éveillé en elle de désir, mais elle avait voulu laisser une chance à leur relation naissante, pensant que cela finirait par venir s'ils se connaissaient mieux.

Avec Kamal, cela avait été différent dès le début. Le désir pulsait dans ses veines dès qu'elle se trouvait près de lui.

C'était instinctif, primaire. Ce devait être pareil pour lui. Du moins le supposait-elle.

Ses doutes et son sentiment d'insécurité refirent pourtant soudain surface. Il s'était confié, lui avait raconté des choses intimes de son passé et elle avait pensé le comprendre. Elle s'était jetée à son cou ce soir parce qu'elle avait cru qu'il partageait quelque chose de spécial. Elle n'en était plus si sûre. Elle avait devant elle un prince du désert qui prenait ce qu'il voulait et qui refusait les émotions et toute forme d'intimité.

Il la regardait avec cet éclat possessif dans les yeux, comme si elle lui appartenait, comme s'il avait le droit de tout connaître de sa vie intime. Ce qui n'était pas le cas. Elle se crispa alors que les mots de Colin résonnaient dans sa tête. Elle avait aimé le caresser, l'embrasser. Elle s'était sentie sexy et envahie par un sentiment de pouvoir inconnu alors qu'elle lui faisait perdre sa maîtrise et en voyant son visage altéré par son désir pour elle. Il n'y avait ni faiblesse ni soumission, et il venait de tout gâcher. Cela n'avait été qu'une illusion. Qu'avait-elle cru en lui retombant dans les bras ?

— Tu me demandes si j'ai déjà pris un homme dans ma bouche. Pense ce que tu veux ! dit-elle, une main sur la hanche, jouant à la fille libérée et plus expérimentée qu'elle ne l'était.

Elle pivota sur elle-même pour sortir de la tente, pensant lui avoir cloué le bec, mais il la rattrapa et enroula ses bras autour de sa taille. Elle se sentit soudain piégée, traversée par un trop-plein de sensations.

— Lâche-moi, murmura-t-elle, la gorge serrée de larmes.

— Je suis désolé, Kaliah. J'ai été jaloux. C'est nouveau pour moi.

Elle se tourna vers lui.

Il prit sa joue dans sa paume, plongea son regard fiévreux dans le sien. Elle devrait battre en retraite. Ils se disputaient, et il avait toujours cette lueur possessive dans le regard. Pourtant, elle n'arrivait pas à s'arracher à son contact ni à arrêter les battements affolés de son cœur. Aucun homme ne l'avait jamais regardée avec une telle intensité.

— Je sais que tu n'as fait ça avec personne.

— Qu'est-ce qui te le fait penser ? Ce n'était pas assez bien ?

Fichu sentiment d'insécurité. Les mots et la trahison de Colin la hantaient et lui avaient fait perdre sa confiance en elle.

Le rire de Kamal libéra la tension qui crépitait autour d'eux.

— Tu es très douée. Et je suis heureux que tu m'aies choisi pour ta première fois.

Il glissa un doigt sous son menton et lui releva le visage.

— Est-ce que je me trompe ? susurra-t-il.

Sa poitrine se serra. Elle détourna les yeux, bêtement émue. Ses dénégations restèrent bloquées dans sa gorge. Pourquoi le regard qu'il posait sur elle lui importait-il autant ? Pourquoi cherchait-elle tant à avoir son approbation ?

— Quelle importance ? Toi, tu as bien connu des femmes avant moi ?

— Exact, dit-il platement, la déprimant davantage.

Il effleura ses cheveux, enroula une boucle indisciplinée autour de son doigt, puis la glissa derrière son oreille, dans un geste d'une intimité folle.

— Mais tu es très différente des femmes que j'ai connues.

— Comment ça ? ne put-elle s'empêcher de demander.

— Je ne peux pas vraiment l'expliquer. Entre nous, l'alchimie est incroyable, mais aussi...

Il marqua une pause, comme s'il cherchait les mots justes.

— Tu es ma première fois, de bien des façons.

Elle le vit froncer les sourcils, comme s'il était le premier surpris par ses mots. Le pensait-il vraiment ou cherchait-il juste à l'endormir par la flatterie ?

— Est-ce parce que je suis la future reine de Narabie ?

Était-il comme tous les autres ? Juste intéressé et attiré par ce qu'elle représentait et ce qu'elle serait un jour ? Son ventre se crispa à cette idée.

— Tu es déjà une reine, Kaliah, lâcha-t-il en riant. La reine des complications.

Un gloussement de soulagement lui échappa. Il esquissa un sourire amusé qui éclaira ses yeux. Elle sentit son cœur se soulever comme sous l'effet d'une légère brise. Peu de gens avaient dû voir cette facette de lui, toujours si sérieux.

— Un point pour toi, dit-elle, lui tirant un autre rire séduisant.

Il lui prit la main.

— Reviens au lit. J'arrête avec mes questions, promis juré. Je veux juste t'avoir contre moi et me réveiller demain avec toi dans mes bras, dit-il, d'une voix sexy. Et tu m'en as privé lors de notre première nuit.

Elle aurait dû mettre un terme à cet assaut de séduction, mais elle se laissa entraîner vers le lit sans opposer la moindre résistance.

Il l'attira contre lui, son dos contre son torse, glissa ses bras autour de sa taille. Elle sentait les battements réguliers de son cœur dans son dos, son érection nichée contre ses fesses, et un profond sentiment de connexion l'envahit.

C'était une illusion, elle en était consciente, probablement induite par le fait qu'il était son premier amant. Mais c'était agréable de savoir qu'ils étaient tous les deux bouleversés par ce moment qu'il venait de partager. Elle ne pourrait sans doute jamais être amie avec cet homme, songea-t-elle en sombrant dans le sommeil, le corps vibrant de ses caresses comme si le sexe n'était pas la seule chose qui les liait.

Kamal ne la voyait pas juste comme une conquête ou un coup d'un soir, mais comme une égale, différente des femmes qu'il avait eues dans sa vie. Lui aussi était différent des hommes qu'elle avait connus.

Ça lui parut important… et précieux, d'une certaine façon.

9

Liah se réveilla en sursaut et trouva le lit vide à côté d'elle. Un bruit comme un roulement de tambour assourdi faisait vibrer l'air.

Un orage ? Et où était Kamal ?

Elle récupéra ses vêtements éparpillés et s'habilla à la hâte, puis sortit précipitamment de la tente. Son cœur battait à tout rompre quand elle repéra Kamal. Il se tenait de dos, le regard tourné vers la gorge.

L'euphorie qui pulsait dans ses veines se transforma en panique quand elle réalisa que ce qu'elle avait pris pour un grondement de tonnerre était en fait le martèlement des sabots des chevaux lancés au galop qui résonnait contre les parois rocheuses du canyon.

Elle le rejoignit et aperçut son père sur son étalon Zufar, à la tête d'une colonne d'au moins cinquante hommes.

Elle posa sa main sur son bras.

— Laisse-moi lui parler, dit-elle en haussant la voix pour couvrir le bruit.

— Ton père ne me fait pas peur, Kaliah, répondit-il en posant sa main sur la sienne.

Ses pensées s'éparpillèrent et elle retira sa main. La lueur possessive qu'elle vit dans son regard ne l'aida pas à calmer sa panique.

Ce n'était pas le moment de laisser les endorphines brouiller sa raison.

Elle s'écarta d'un pas ou deux quand son père descendit de son puissant étalon et s'avança vers eux.

— Liah, grâce à Dieu ! Tu vas bien, s'écria-t-il en l'attirant contre lui.

Elle enroula ses bras autour de sa taille et il la serra à l'étouffer dans une étreinte de papa ours. Puis de ses deux bras tendus l'éloigna de lui pour la regarder.

— Dis-moi, tu n'es pas blessée, au moins ?

Le cœur serré, elle remarqua tout à la fois ses traits tirés, marqués par l'angoisse, et le soulagement dans ses yeux. Son père était son roc – il ne vacillait jamais, ne perdait pas son calme... du moins pas totalement.

Sa mauvaise conscience lui tordit le ventre. Elle savait que ses parents avaient dû s'inquiéter en ne la voyant pas rentrer, mais elle n'avait certainement pas voulu leur causer une telle angoisse.

— Non, je vais bien. Je suis désolée de ne pas être rentrée à la maison... Il n'y a pas de réseau ni de téléphone satellite, nous n'avons pas pu te rassurer, lâcha-t-elle piteusement.

Il prit son visage dans sa main, et laissa échapper un petit rire.

— Ça va, Liah, je ne suis pas en colère. Je suis juste incroyablement reconnaissant que tu sois en vie.

En vie ? Elle fronça les sourcils. Comment ça, en vie ? Elle n'eut pas le temps de formuler sa surprise que son père s'était déjà tourné vers Kamal. Il lui attrapa le bras avant de lui serrer vigoureusement la main.

— Merci d'avoir sauvé la vie de ma fille. Ma famille et Narabie vous en seront éternellement reconnaissants.

Kamal hocha la tête, ne laissant rien transparaître.

— Vous n'avez pas à me remercier. J'ai fait ce que je devais pour protéger Kaliah.

Hein ?

Elle s'était préparée à l'idée que son père soit furieux, qu'il exige de savoir pourquoi Kamal l'avait emmenée ici. Elle se préparait même à le couvrir pour le protéger des répercussions de ce qu'il avait fait, maintenant qu'ils avaient fait la paix et qu'ils étaient... amis, en quelque sorte. Mais ça, elle ne s'y attendait pas...

— Pardon, mais de quoi m'a-t-il sauvée cette fois, exactement ? intervint-elle avec la sensation d'interrompre une amitié à la vie à la mort naissante.

Zane Khan fronça les sourcils.

— Des tempêtes de sable, évidemment. Elles étaient quatre à converger sur la région, l'après-midi qui a suivi ton départ pour l'oasis. Nous avons dû déclarer l'état d'urgence. Ta mère coordonnait les opérations de secours à Narabie pendant que je te recherchais. Près de la moitié des terres tribales de Raif ont été touchées. Deux personnes sont mortes à Zafar, et le campement à Aleaza a complètement disparu sous le sable. J'ai cru que tu étais dessous jusqu'à ce qu'on ait le message du prince Kamal m'avertissant qu'il avait fait un détour en rentrant à Zokar pour s'assurer que tu étais hors de danger.

Il passa une main lasse sur sa figure, puis dans ses cheveux, les ébouriffant au passage.

Bon sang.

— Je suis désolée, répéta-t-elle, mortifiée par son égoïsme.

Son père avait dû partir à sa recherche, au lieu de coordonner lui-même les secours comme il aurait sans doute voulu le faire. Et elle, où était-elle quand son peuple, son pays avaient besoin d'elle ?

Son père lui avait dit quelques jours plus tôt que tout ne tournait pas autour d'elle. Elle serait souveraine, un jour, et il était grand temps qu'elle commence à agir en conséquence.

— Est-ce que tout va bien à Narabie ?

— Les dégâts matériels sont considérables, mais pas de

pertes humaines à déplorer, ce qui est la seule chose qui compte. On a évité le pire.

— Papa, je suis tellement, tellement désolée, dit-elle en nouant à nouveau ses bras autour de sa taille.

Elle pressa sa tête contre son torse et respira son odeur réconfortante – un mélange de cuir et de cheval.

Il enroula ses bras, solides et rassurants, autour d'elle, et l'embrassa dans les cheveux comme il le faisait quand elle était enfant.

— Hé, Liah, ça va. On t'a trouvée et tu vas bien, c'est l'essentiel.

Elle déglutit, cherchant à contenir l'émotion qui l'étreignait.

Elle coula un regard vers Kamal, silencieux, près d'elle, perçut son trouble qu'il s'empressa de masquer, ce qui ne fit qu'accentuer son propre malaise.

Elle avait toujours eu l'approbation de son père et avait grandi avec l'amour et le soutien indéfectibles de sa famille, même quand elle n'avait rien fait pour le mériter. Kamal, lui, n'avait eu personne pour le protéger de cet homme horrible qui le battait comme plâtre. Tout ce qu'il avait aujourd'hui dans la vie, il ne le devait qu'à lui-même.

Elle vit son père froncer les sourcils, son regard passant de l'un à l'autre, et entendit presque les rouages de son cerveau se mettre en marche. Il était peut-être reconnaissant envers Kamal, mais il n'était pas bête. Il devait se demander comment ils avaient pu rester aussi longtemps ensemble alors qu'ils étaient comme chien et chat cinq jours plus tôt et qu'elle avait refusé sa demande en mariage.

— Par curiosité, Kamal, est-ce que je peux savoir pourquoi vous n'avez pas ramené ma fille au palais plus vite ?

Oh oh.

Son père était son plus grand supporter, une vraie âme de pom-pom girl quand il s'agissait de prendre son parti ou de la défendre. Elle avait conscience qu'il la voyait toujours comme sa petite fille même si elle venait de lui prouver ces derniers jours qu'elle avait grandi – et s'il pensait que Kamal avait profité d'elle ou de la situation, sa gratitude s'évanouirait en une fraction de seconde, prince du royaume voisin ou pas.

Elle devait intervenir, trouver une raison plausible pour expliquer pourquoi ils n'étaient pas rentrés au palais, après le passage de la tempête... et sans avoir à lui dire qu'elle avait passé la nuit dernière dans les bras de Kamal.

L'intervention de Kamal la prit au dépourvu. En une phrase, il ruina sa stratégie d'apaisement.

— Kaliah est restée avec moi parce qu'elle va devenir ma femme. Nous avons passé la nuit dernière ensemble et elle porte peut-être mon héritier.

Comment mettre le feu aux poudres et transformer une situation sensible en un brasier ! C'était du grand Kamal.

Kamal entendit Kaliah émettre un bruit de gorge entre le couinement et le hoquet. Khan plissa les yeux, du même bleu que ceux de sa fille. Il était visiblement mécontent de la tournure que prenaient les événements.

Il se raidit, aux aguets.

Il avait conscience que Khan était un homme incontournable dans la région de Nazar, et aussi à l'international, mais il ne plierait devant aucun homme, aussi influent fût-il – et sûrement pas sur ses propres terres. Et il était plus qu'heureux de le prouver à Khan et à la petite armée qu'il avait amenée avec lui.

— Vous avez fait quoi ? lâcha le cheikh d'une voix blanche.

La gratitude de l'homme l'avait mis mal à l'aise de toute façon. Et puis c'était à lui de protéger Kaliah, plus à son père.

— Vous avez bien entendu.

— Kamal, arrête ! S'il te plaît, n'aggrave pas la situation, s'écria-t-elle en s'interposant entre les deux hommes, une main plaquée sur le torse de chacun.

— Je n'arrêterai pas de parler. Je ne fais qu'énoncer la vérité.

— Et est-ce que ma fille a eu son mot à dire ? s'emporta Khan.

— Est-ce que vous m'accusez d'avoir violé Kaliah ? s'indigna-t-il, le poing serré.

Les hommes de Khan descendirent de leurs montures et les encerclèrent.

La tension dans l'air était si forte qu'elle en était palpable.

Toute sa vie, il n'avait eu que son honneur et Khan venait de le remettre en doute. Et même pire que ça !

— Papa, arrête, Kamal ne m'a forcée à rien ! Il ne ferait jamais ça. Ce qui s'est passé la nuit dernière était totalement consenti.

La voix de Kaliah finit par l'atteindre, perçant la colère qui rugissait à ses oreilles.

Il en oublia Khan et les hommes de ce dernier, prêts à intervenir au signal de leur cheikh.

Il ne voyait plus que Kaliah.

Sa défense enflammée déclencha en lui un chamboulement pareil à une onde de choc auquel il ne s'attendait pas.

— Tu n'as pas à le défendre, Liah, reprit son père.

Il la prit par les bras et la regarda comme il l'avait fait en arrivant.

— S'il a tenté de profiter de la situation ou t'a gardée ici contre ta volonté, lui seul est coupable et il devra en répondre. Tu n'es absolument pas obligée de l'épouser, enceinte ou pas. Tu t'en rends compte, ma chérie, n'est-ce pas ?

Le regard de Liah passa de son père à lui. Et ce qu'il vit dans ses yeux raviva les plaies, les blessures d'enfance qu'il pensait pourtant avoir réglées depuis longtemps.

Kaliah lui parut si forte à cet instant. Il croisa à nouveau son regard et se prépara à l'entendre dire à son père qu'il l'avait gardée ici contre sa volonté.

Le désir et la tension sexuels étaient si forts entre eux qu'il s'y était abandonné sans résister, mais le rapport de force était inégal alors qu'il était tellement plus expérimenté qu'elle sur ce terrain.

La mauvaise conscience s'insinua en lui.

Rien, en revanche, n'aurait pu le préparer à ce qu'elle dit ni au tumulte émotionnel que cela déclencha en lui.

— Papa, Kamal t'a dit la vérité. Il m'a à nouveau demandée en mariage et j'ai accepté. Nous nous sommes fiancés.

10

— Je ne me souviens pas t'avoir redemandé de m'épouser, et je ne me rappelle pas non plus t'avoir entendue accepter, alors pourquoi est-ce que tu as dit ça à ton père ?

Kaliah pivota vers Kamal.

Elle distinguait ses sourcils froncés, malgré la pénombre de la tente. Les bras croisés sur la poitrine, il paraissait encore plus impressionnant que d'habitude – et c'était peu de le dire.

Elle soupira.

Super ! comme si j'avais besoin de calmer un autre mâle alpha au tempérament aussi bouillant.

Elle bourra ses derniers vêtements dans les sacs de selle, comme elle l'avait fait une semaine plus tôt, quand elle avait voulu fuir cet homme. Celui-là même dont elle venait de clamer être tombée follement amoureuse en six jours chrono, devant son père qui n'avait pas caché son plus grand scepticisme.

Après une demi-heure d'argumentation, il avait fini par accepter de la laisser accompagner Kamal à Zokar pour y annoncer leurs « fiançailles ». C'est avec soulagement qu'elle l'avait vu repartir avec ses hommes, après avoir fait se reposer leurs chevaux.

Elle avait réussi à éviter une crise diplomatique.

Il ne lui restait plus qu'à gérer celle d'un mètre quatre-vingt-dix qui se tenait devant elle, plus sombre et intense que jamais.

Kamal ne l'avait pas contredite et n'était pas intervenu quand elle parlait avec son père, c'était déjà ça ! Cela tenait du petit miracle étant donné sa propension à mettre le feu aux poudres.

Un instant, elle s'était prise à croire qu'il avait compris qu'elle n'avait cherché qu'à le protéger, et qu'elle avait menti effrontément à son père dans cet unique but – ça n'avait d'ailleurs pas été simple de le convaincre ! Trente minutes gênantes. Elle avait pris le silence de Kamal pour un soutien.

Mais à voir sa mine fermée, elle était loin du compte.

Elle sentit la moutarde lui monter au nez. Non, mais il était sérieux ? Qu'est-ce qui lui avait pris de provoquer son père entouré de sa garde royale ? C'était du cinquante contre un – il était suicidaire ou quoi ?

— N'est-ce pas évident ? dit-elle en laissant tomber son sac devant lui.

— Non, pas du tout pour moi.

— Je t'ai sauvé la mise, Kamal. Je connais mon père, il allait te retirer son soutien. Tu es venu me protéger de la tempête et je n'ai fait que te rendre la pareille.

— C'est donc un mensonge ? Tu n'as pas l'intention de m'épouser ? s'indigna-t-il.

— Évidemment ! On finirait par s'entretuer au bout d'une semaine. Et nos sacrifices n'auraient servi à rien, s'exclama-t-elle en levant les yeux au ciel.

Elle attacha les sangles de ses sacs avec un peu trop de vigueur, ignorant ostensiblement les regards réprobateurs de Kamal.

Sans pouvoir faire taire ses scrupules. Elle se sentait malgré tout responsable de la situation.

— Tu veux qu'on rentre ensemble à Zokar pour annoncer

nos fiançailles, mais tu n'as pas l'intention de m'épouser ? dit-il, revenant à la charge.

Elle soupira une nouvelle fois et se releva, plongeant son regard dans le sien, le ventre soudain noué.

— Je sais que c'est loin d'être idéal, Kamal. Mais j'ai bien cru que vous alliez en venir aux mains, mon père et toi, ce qui n'aurait pas été très productif diplomatiquement parlant. J'ai paniqué, d'accord ? Et j'ai juste tenté d'éteindre le feu que tu as toi-même allumé. Qu'est-ce qui t'a pris de laisser penser que je pouvais être enceinte ? Je t'ai dit que je prenais la pilule.

— Ton père n'est pas idiot, dit-il, ignorant sa dernière remarque. Il n'aurait jamais mis en jeu l'équilibre entre nos deux États sur une telle raison.

— Détrompe-toi. On voit que tu ne connais pas mon père, toi. C'est un dirigeant fort et juste, un grand diplomate aussi. Mais sa famille, ma mère, mes frères et moi, nous représentons tout pour lui. Il n'y a rien qu'il ne ferait pas pour nous protéger, au point de devenir complètement irrationnel s'il pense que nous sommes menacés d'une façon ou d'une autre, poursuivit-elle. Et je l'ai rarement vu si tendu. En plus, ma mère n'était pas là pour faire tampon. Ma réaction est peut-être excessive, mais j'ai fait ce qu'il fallait.

Un muscle tressauta à l'angle de sa mâchoire.

— Je te l'ai dit, Liah, ton père ne me fait pas peur. Je n'avais pas besoin que tu mentes pour moi. Ce n'est pas ton rôle. Je peux me protéger tout seul. Comme je l'ai toujours fait.

Il était complètement à côté de la plaque ! Ne pouvait-il pas mettre son orgueil et sa fierté dans sa poche ?

Elle réprima un soupir, et prit sur elle.

— Je suis désolée si je t'ai mis dans une position délicate, parvint-elle à articuler. Mais on peut faire en sorte de ne pas rendre les choses plus difficiles. Nous n'avons certainement pas à aller jusqu'au bout. Je voulais juste que mon père retourne à Narabie avant que quoi que ce soit ne t'arrive...

Ou à lui, ajouta-t-elle précipitamment en le voyant froncer les sourcils.

— Tu t'inquiétais pour moi ? reprit-il sans cacher son étonnement.

— Précisément, dit-elle, prête à le lui concéder si cela lui permettait de comprendre qu'elle n'avait pas voulu l'insulter ou le piéger. Nous pourrions passer deux ou trois jours ensemble à Zokar, le temps de laisser mon père redescendre des tours. Puis je rentrerai à Narabie. Je lui dirai que nous avons rompu. Que c'était un béguin de ma part.

Elle allait passer pour une incorrigible romantique ou un cœur d'artichaut, mais c'était un mal nécessaire. Elle imaginait déjà son père lever les yeux au ciel.

Kamal secoua la tête.

— Ce n'est pas la solution.

— Pourquoi ça ?

— Notre honneur nous impose maintenant d'aller jusqu'au bout des fiançailles.

Et flûte !

Elle pinça les lèvres. Il ne servirait à rien de s'emporter, surtout avec Kamal. Elle était aussi forte tête que lui, mais elle était aussi capable de mettre de l'eau dans son vin.

— Pas sûr, dit-elle d'un ton las. Mais si tu penses que c'est nécessaire, je veux bien l'annoncer moi-même. Après tout, c'était mon idée. Puis nous trouverons une manière de rompre les fiançailles au moment opportun pour ne pas éveiller les soupçons.

Il prit sa joue en coupe dans sa main, caressa sa lèvre du pouce.

— Ne t'inquiète pas, murmura-t-il d'une voix rauque. Il y aura des avantages très appréciables à notre arrangement.

Elle hocha la tête.

— Je sais.

C'était précisément le problème.

Cet homme l'attirait beaucoup trop. Leur alchimie était explosive et faisait des étincelles au lit, mais elle leur échappait et ils se retrouvaient dans des situations inextricables.

Ça allait fonctionner, se répétait-elle pour se rassurer, pendant qu'ils préparaient les chevaux.

Kamal lui avait montré un côté passionné de lui qu'elle ne soupçonnait pas et qu'elle avait envie d'explorer. Et puis le meilleur moyen de venir à bout de cette attirance était sûrement d'y céder. Et dans deux semaines, un mois à tout casser, ils pourraient rompre leurs fiançailles. Son père se serait calmé et les relations de travail – si on pouvait dire – avec le plus proche voisin de Narabie auraient été préservées.

C'était nickel.

Nickel chrome, même.

Les yeux grands ouverts, Liah ne cessait de s'émerveiller des paysages qu'elle découvrait alors qu'ils galopaient avec Kamal vers son palais à la périphérie de Zultan, une ville tentaculaire, la plus grande de Zokar.

Ils finirent par arriver devant des murs d'enceinte, qu'ils franchirent au trot, en passant devant des gardes armés. Ils remontèrent une allée de palmiers. Plantes luxuriantes, fleurs exotiques, fontaines et points d'eau... Elle ne savait où donner de la tête. Il se dégageait de l'endroit une impression d'abondance.

Elle n'était pas préparée quand son regard se posa sur le palais de style ottoman, un complexe architectural grandiose de cinq étages construit dans une immense oasis, avec une chaîne montagneuse aux roches rouges pour toile de fond.

Sa coupole centrale était flanquée de tours, d'arches, de balcons et de passerelles couvertes. Elle promena les yeux sur les remparts en bois sculpté et les mosaïques qui prenaient l'éclat des pierres précieuses sous le soleil, fruits d'un savoir-faire artisanal séculaire.

Elle ne savait pas à quoi elle s'était attendue, mais elle n'avait certainement rien imaginé d'aussi somptueux et raffiné. Elle réalisa qu'elle n'avait pas vu cet endroit quand elle avait accompagné son père, enfant. Ils étaient restés dans une tente dans les plaines. À quelle date ce palais avait-il été construit ? Il lui semblait au moins aussi ancien que le palais royal de Narabie.

Ils passèrent l'arche principale avec sa coupole et débouchèrent sur une cour plus petite. En apercevant des employés de maison se rassembler près d'une magnifique fontaine centrale, ornée d'une sculpture dorée de la bouche de laquelle jaillissait un jet d'eau, elle comprit que son idée de fausses fiançailles était bancale.

Des dignitaires en robe de cérémonie patientaient en ligne pour saluer également leur futur roi.

Elle était la fille d'un cheikh et elle en connaissait donc un rayon sur le faste et les accueils en grande pompe, mais elle ne put s'empêcher d'être impressionnée en voyant Kamal recevoir les hommages d'un groupe d'hommes qu'elle devina être les anciens dont il lui avait parlé pendant le voyage.

Kamal avait voulu la préparer à son arrivée au palais en lui donnant toutes les informations dont il pensait qu'elle aurait besoin. Il l'avait également prévenue qu'il prenait les choses en main pour l'annonce de leurs fiançailles.

Elle eut soudain la désagréable impression d'avoir présumé de la situation et de ne pas avoir évalué toutes les répercussions. Son idée lui avait paru plutôt simple et évidente quand ils étaient sur le campement.

L'inquiétude la saisit en voyant Kamal descendre de son cheval et s'avancer vers elle.

Elle se laissa glisser de sa jument dans ses bras, troublée par le geste familier et naturel, et releva la tête. Il la regardait, les yeux mi-clos, son bras autour de sa taille. Allait-il l'embrasser devant tous ces gens ?

Ses yeux se posèrent sur ses lèvres sensuelles qui s'étiraient en un petit sourire.

— Est-ce que tu veux que je te revendique tout de suite, Kaliah ? susurra-t-il avec une arrogance teintée d'amusement.

— Non, bien sûr que non, marmonna-t-elle, le souffle court en essayant de se dégager de son étreinte. Nous n'avons pas besoin de nous montrer aussi convaincants.

— Tu crois ? dit-il, redevenant sérieux.

Il l'enlaça plus étroitement et baissa la tête, pressant son front contre le sien et la respira. C'était follement sensuel et encore plus intime qu'un baiser.

Le décor alentour s'estompa et il n'y eut plus que lui et cette alchimie qui formait comme un cocon scintillant autour d'eux. Son cœur battait vite et fort contre sa cage thoracique comme s'il cherchait à s'en échapper.

Il lui effleura la joue, puis posa sa main sur sa nuque.

— On ne nous laissera pas dormir ensemble au palais sans être mariés, lui souffla-t-il à l'oreille. Tradition oblige, je dois montrer le plus grand respect à ma future reine.

Elle hocha la tête et se fendit d'un petit « OK » étranglé.

Ce n'est peut-être pas plus mal… autant ne pas trop s'habituer à sa présence et commencer le travail de détachement.

Son pouce caressa sa gorge, là où pulsait son pouls, lui tirant un petit soupir.

— Ne t'inquiète pas, dit-il avec un petit rire. Nous partons dès demain pour l'Europe pour des visites d'État.

Quoi ?

Elle battit des paupières, les sens chavirés. De quoi parlait-il ?

— Pour… pour combien de temps ? parvint-elle à demander, consciente qu'il la mettait encore une fois devant le fait accompli.

Une tournée diplomatique ne faisait pas partie de leur

arrangement. Et la présenter comme sa fiancée sur la scène internationale n'allait-il pas rendre les choses plus compliquées ?

— Dix jours. J'insisterai pour que nous ayons des suites attenantes. Personne n'osera s'interroger sur nos activités une fois les affaires officielles conduites, dit-il en suivant du pouce le contour de sa lèvre inférieure.

— Mais… Et ensuite ?

— Ensuite on rentre à Zokar.

Dix jours pour s'abandonner à cette passion irrésistible qui les animait, avant de prendre des chemins différents ?

Devrait-elle le faire ? Pouvait-elle le faire ? À trop jouer avec le feu, ne risquait-elle pas de se brûler ?

Elle voulut demander en quoi allaient consister ces obligations officielles et s'accorder avec lui sur les termes de ces fausses fiançailles.

Mais les mots ne passèrent pas le nœud d'excitation et d'impatience logé dans sa gorge… Elle était toute chose à la pensée qu'ils allaient passer les dix prochains jours ensemble. Qu'elle allait l'avoir pour elle les journées et les nuits.

Peut-être qu'elle en avait besoin. Que lui en avait besoin. C'était une chance pour tous les deux d'explorer pleinement cette force qui les poussait l'un vers l'autre.

— Je pense que je peux faire ça, dit-elle en hochant la tête.

Il lui prit la main et l'entraîna vers les anciens, qui attendaient silencieusement la fin de leur petit conciliabule.

Ils s'avancèrent vers le palais, contournant la fontaine. Le soleil faisait scintiller le jet d'eau qui jaillissait de la bouche de la sculpture.

Elle passa une main dans ses cheveux, écarta une mèche qui lui tombait devant les yeux, regrettant de ne pas avoir eu un peu de temps pour se rafraîchir et mettre de l'ordre dans sa tenue.

Quelle importance ? Ce n'est pas comme si tu étais vraiment sa fiancée.

— Messieurs, laissez-moi vous présenter ma future femme, lâcha-t-il, la voix vibrante d'une fierté qui ne lui parut pas feinte.

Qui aurait cru que Kamal était si bon acteur ?

— Et la future reine de Zokar, la princesse héritière Kaliah Khan de Narabie.

Les hommes présents s'inclinèrent, certains pliant même un genou, selon une coutume qui n'avait plus cours à Narabie depuis le règne de son père.

Les anciens la saluèrent avec déférence, et la félicitèrent, ne faisant que renforcer sa culpabilité et le sentiment d'imposture.

La franche surprise pouvait se lire sur les visages, à l'exception de celui de Kamal.

Comme elle les comprenait !

Elle devait avoir la tête de la biche prise dans les phares d'une voiture, songea-t-elle en suivant les trois jeunes femmes que Kamal lui avait présentées comme ses assistantes personnelles.

Quand elle prit possession de ses appartements, dans le quartier des femmes – où pendant les vingt-quatre prochaines heures, elle allait se préparer pour son premier engagement officiel en tant que future épouse du prince Kamal –, tout lui parut soudain un peu trop réel.

11

Une semaine plus tard

— Liah, comme c'est merveilleux de te voir.

Liah se tourna vers la voix familière qui venait de l'interpeller. Clara Turnbull se frayait un passage entre les nombreuses personnes réunies dans la roseraie de l'ambassade de Zokar à Londres, dans le quartier de Mayfair, et s'avançait vers elle. La lueur des flambeaux se reflétait sur ses cheveux blonds relevés en un chignon sophistiqué.

Elle sentit son cœur remonter dans sa gorge, et son ventre se contracter.

Fille d'un banquier d'affaires britannique, Clara avait étudié comme elle à Cambridge, mais c'était plus une amie de Colin que la sienne. Que faisait-elle à cette réception donnée en l'honneur de Kamal ?

Un sourire sur les lèvres, elles se firent deux simulacres de bises, sans se toucher les joues.

— Clara, quelle surprise...

Elle chercha des yeux Kamal et le repéra à l'autre bout du jardin, accaparé par tout un tas de personnes qui voulaient s'entretenir avec lui. Ils s'étaient retrouvés séparés après l'annonce de leurs fiançailles et les félicitations qui avaient suivi.

Elle était rodée à ce genre de réceptions où l'on parlait contrats et relations diplomatiques, une coupe de champagne à la main. C'était le monde où elle avait grandi et elle en connaissait tous les codes.

Ce qui n'était pas le cas de Kamal. Elle l'avait bien observé ce soir et lors des événements auxquels ils avaient participé dans les différentes capitales européennes, comme en Italie où ils avaient visité vignobles et oliveraies et en France, lors de la réception fastueuse qui avait été organisée en leur honneur à Versailles.

Il détestait les discussions futiles et les ronds de jambe... presque autant que les costumes !

C'était un mal nécessaire pourtant et il devrait jouer le jeu s'il voulait attirer les investissements étrangers dont il avait besoin pour mener à terme les projets qu'il avait pour Zokar et dont il lui avait parlé sur l'oreiller. La rénovation des infrastructures vieillissantes, l'organisation d'un système de santé et de l'éducation, la gestion des ressources naturelles et minières.

La voix de Clara la sortit de ses pensées, la ramenant au présent.

— Chérie, quand j'ai su que tu serais ici avec ton prince du désert chaud comme la braise, je me suis débrouillée pour obtenir une invitation, lâcha-t-elle, avec un petit air condescendant qui lui donna juste envie de lui écraser le nez.

— Kamal ne se résume pas à un physique, Clara. On ne devient pas un homme d'affaires de premier plan et l'héritier au trône d'un royaume du désert, vaste et aux ressources minières considérables, par hasard.

— Ne te sens pas insultée, chérie. Je suis sûre qu'il est très intelligent... plus exactement, c'est le genre à mettre le feu aux petites culottes, ce qui doit rendre agréable le temps entre deux engagements diplomatiques.

Liah sentit tout son corps se hérisser. Ce ton narquois

sonnait désagréablement à son oreille et elle détestait cette façon de parler de Kamal comme s'il était un morceau de viande.

— Je comprends mieux pourquoi tu as jeté Colin, si tu avais ce beau gosse sous le coude. À moins que ce ne soit un mariage arrangé ? Dans ce cas, félicitations ! Tu as décroché le gros lot.

— Non, je ne suis forcée à rien, répliqua-t-elle sur la défensive.

— Oh ! C'est un mariage d'amour, alors ?

Liah fronça les sourcils, agacée. À quoi rimait cette conversation ? Que cherchait Clara ? Avait-elle des comptes à régler ?

— Ça a été rapide. Cela ne fait que quelques mois que tu as rompu avec Colin.

— Six mois, en fait, et Colin et moi, ça n'a jamais été sérieux.

— Oui, je sais, dit Clara d'un ton acide en promenant son regard sur elle. Tu sais quand même qu'on couchait ensemble, en attendant que la princesse héritière daigne descendre de son piédestal ?

— Q-quoi ?

Clara émit un petit rire amer, teinté de tristesse.

— Il a toujours dit que tu étais coincée et frigide. Je suppose que c'était juste sa fierté blessée qui parlait. À la façon dont ton nouvel homme te regarde, il est évident que tu le satisfais pleinement.

— Colin est un sombre idiot et on a toutes les deux la chance d'en être débarrassées, s'exclama-t-elle en sentant sa colère retomber comme un soufflé.

Clara acquiesça et leva sa flûte de champagne.

— Tellement vrai, dit-elle en vidant sa coupe d'une traite. Cela aurait été plus simple pour moi si j'avais pu te détester. Pour ta gouverne, tu n'as rien raté avec Colin. Il est égoïste, au lit comme dans la vie.

Sur ces mots, la jeune femme tourna les talons et s'éloigna.

Elle la regardait disparaître dans la foule de convives, s'interrogeant sur ce qui venait de se passer, quand une grande main se posa sur sa taille.

— Qui était-ce ? Et qu'est-ce qu'elle t'a dit ?

— Rien d'important, Kamal, ça va... Clara était avec moi à Cambridge.

— Je ne l'aime pas. J'ai bien vu que ce qu'elle t'a dit t'a fait de la peine.

— Je vais bien, répéta-t-elle, consciente des regards autour d'elle.

Elle distingua le flash de l'appareil-photo du photographe officiel tout près. Les clichés seraient dans les médias traditionnels et sur le Net demain. À sa grande surprise, leur coup de foudre avait fait la une des journaux people partout en Europe au cours de la semaine précédente.

— Honnêtement, cela m'a juste montré combien j'étais heureuse d'en avoir fini avec l'université.

Il hocha la tête.

— Qui est Colin ?

Oh oh.

Elle se tendit, lui glissa un regard sous ses cils. Qu'avait-il entendu au juste ?

— Personne d'important.

Juste une malheureuse erreur de jugement et une histoire d'ego froissé.

— C'est l'idiot qui n'a pas su saisir sa chance avec toi quand il en a eu l'opportunité ?

Une vague de chaleur lui monta aux joues.

— On ne va pas se parler de ça ici.

Avant de comprendre ce qui se passait, il lui avait pris la main et l'avait entraînée vers la sortie.

— Kamal, qu'est-ce que tu fais ? On ne peut pas partir comme ça, nous sommes les invités d'honneur ce soir.

— Si on ne peut pas parler ici, on le fera en privé, lança-t-il par-dessus son épaule.

Parler de Clara et Colin était la dernière chose qu'elle avait envie de faire. Mais à moins de provoquer une scène, il ne lui laissait pas d'autre choix que de le suivre.

Il se fraya un chemin entre les invités, évitant ostensiblement ceux qui essayaient de les aborder. Son cœur se mit à battre de façon désordonnée. Quand avait-elle commencé à trouver cette arrogance attirante ?

Il avançait, avec assurance, en regardant droit devant lui, sans même voir l'ambassadeur de Zokar qui venait à leur rencontre. Elle jeta quelques mots d'excuse par-dessus son épaule et croisa quelques regards amusés et sourires indulgents

Pouvait-on faire plus gênant ?

Ils prirent les marches qui menaient à l'ambassade, laissant derrière eux le parfum des roses, la fraîcheur du soir et les lueurs des torches. Une fois à l'intérieur du bâtiment, ils longèrent les couloirs sombres et déserts, sans dire un mot, jusqu'à l'escalier qui menait à leurs suites attenantes.

— Pour l'amour du ciel, Kamal. Tout le monde va croire qu'on est partis s'envoyer en l'air. Et notre sortie va faire les choux gras de la presse, demain, finit-elle par dire, le souffle court, cherchant à le ramener à la raison.

Ce qui n'était pas une mince affaire quand elle avait la sensation que son corps s'embrasait et qu'il allait se consumer s'il ne la touchait pas vite. Très vite.

Quand avait-elle commencé à trouver sexy son comportement de macho ?

Ses mots n'eurent aucun effet sur Kamal. Elle eut même la sensation de courir derrière lui. Et ce n'était pas simple de négocier les marches à ce rythme sur des talons aiguilles.

À l'instant où il referma la porte de sa suite sur eux, elle se retrouva plaquée contre la porte. Elle haleta au contact du bois contre son dos nu. Il releva son menton de l'index et plongea dans son regard.

— Ce Colin, c'est celui avec qui tu voulais perdre ta virginité ? lança-t-il abruptement.

Pourquoi avait-elle soudain l'impression de se trouver sur la trajectoire d'un cyclone ? Et pourquoi n'avait-elle aucune intention de bouger ?

— Quoi ? Non ! dit-elle, l'esprit embrumé par un désir qui exigeait l'assouvissement sur-le-champ.

C'était sexuel… mais pas que. Elle n'avait passé que deux semaines avec cet homme ténébreux et impénétrable et pourtant leur lien lui semblait si fort, si essentiel. C'était comme si elle était, avant de le rencontrer, un fil sous tension tendu dans le vide et qu'il venait de la relier au sol. Elle avait la sensation d'avoir trouvé son âme sœur.

— Mais c'est à cause de lui que tu ne veux pas m'épouser. Non ? dit-il en la couvant des yeux.

— Non, Kamal, murmura-t-elle en lui touchant la joue.

— Alors pourquoi ne veux-tu pas qu'on se fiance vraiment ? demanda-t-il d'une voix râpeuse. Si ce n'est pas à cause de lui, de qui alors ?

— C'est trop tôt, Kamal. On se connaît à peine, murmura-t-elle, essayant de se raccrocher à des considérations pratiques.

— Tu en sais plus sur moi, sur mon passé, que n'importe qui.

Il tourna la tête et mordilla son pouce, avec une sensualité qui lui tira un sanglot étranglé, puis pressa ses lèvres contre sa paume. Il la regarda, la couvant des yeux.

— Je sais ce que tu aimes, je sais te donner du plaisir, te faire gémir. On forme une équipe, Liah. Nous pourrions gouverner ensemble, sur Narabie et Zokar. Avec toi, à mes côtés, je me sens entier, meilleur pour la première fois de ma vie.

L'urgence dans ses mots, le désir féroce dans sa voix, la lueur appréciative dans ses yeux firent tomber les murs de doutes et d'insécurité qui s'étaient dressés autour d'elle au fil des années. L'admiration qu'elle portait à ses parents était tellement écrasante et inhibante. Se montrerait-elle à la hauteur de leur héritage ? Elle avait tellement peur de les décevoir. Et brusquement, elle réalisa que c'était ensemble qu'ils l'avaient fait. Et si Kamal avait raison ? Pouvaient-ils gouverner ensemble, unir le destin de leurs deux royaumes ? Cela restait des considérations d'ordre pratique qui étaient balayées par la force des émotions qui l'assaillaient dès qu'elle plongeait dans ses yeux.

Elle ne le désirait pas seulement, elle l'aimait. Elle aimait l'homme qu'il était, celui qui s'était construit dans l'adversité.

Kamal l'acceptait telle qu'elle était et souhaitait l'épouser.

Il l'enlaça, une main autour de sa taille, la pressant contre lui, plongea le nez dans ses cheveux. Ses lèvres se posèrent sur son cou, léchant, mordillant le point sensible, où battait son pouls.

Elle l'aimait, mais comment cela avait-il pu arriver si vite ?

Elle perçut le bruit sexy de la fermeture à glissière de son fourreau et le bruissement du vêtement en satin tombant au sol.

Il dégrafa son soutien-gorge avec une efficacité sobre, la laissant nue à l'exception de sa culotte en dentelle. Tout son corps se couvrit de chair de poule sous son regard langoureux.

Il inclina la tête pour happer un mamelon entre ses lèvres. Elle frissonna, défaillant de plaisir alors qu'il léchait, titillait, suçotait un sein puis l'autre. Elle se cambra, le souffle court pour aller au-devant des assauts de sa bouche.

Il se recula le temps de se débarrasser de sa veste, tira sur sa cravate, sa chemise, arracha les boutons, le tissu ne résistant pas longtemps à ses doigts impatients.

Il tomba à genoux et embrassa le creux de sa cuisse, inspira.

— Tu sens si bon, Kaliah...

Elle enfonça les doigts dans ses cheveux, l'attira tout contre elle.

Il fit glisser sa main le long de sa jambe jusqu'à sa cheville, la souleva pour la poser sur son épaule, l'exposant à son regard. Il écarta du pouce sa culotte, pressa sa bouche contre son intimité mouillée et palpitante, concentrant ses attentions sur son clitoris, qu'il caressa, titilla avec la langue, les dents.

Elle gémit, rejetant la tête en arrière, ne sachant plus si elle devait l'implorer de continuer ou d'arrêter... C'était trop et pas assez à la fois.

— S'il te plaît, Kamal...

Il leva ses yeux, assombris par le désir, cessa sa torture délicieuse, la laissant pantelante.

— Dis que tu vas m'épouser, Kaliah. Dis que tu vas devenir ma reine.

— OK, hoqueta-t-elle, tous les sens submergés. Oui, je vais t'épouser. Je t'aime, Kamal.

Elle le sentit se figer et pendant un instant en suspens, elle crut qu'il allait dire les mots.

Il resta silencieux, se contentant de hocher la tête. Il embrassa le creux de son genou, avant de reposer sa jambe par terre et se redressa.

Elle frissonna, nue et vulnérable, le regardant sortir son sexe en érection de son pantalon. Il la souleva sans effort et la laissa glisser sur lui tout en regardant leur corps se connecter.

Elle sentit son ventre se crisper alors qu'il l'envahissait, la distendait, la remplissait. Elle ondula pour s'adapter à sa taille. L'étirement et la brûlure de son intimité autour de lui irradiaient tout son être.

Le plaisir, brûlant et aliénant, enfla au creux de son ventre à une vitesse qui la prit au dépourvu.

Ses mouvements gagnèrent en intensité et elle se cramponna à ses épaules pour résister à la tempête qui faisait rage en elle et plongea dans son regard intense, voilé de désir comme pour s'ancrer à lui.

Sa vision se brouilla. Il n'exista plus que les bruits de leurs corps se soudant l'un à l'autre, de son dos heurtant la porte à chacun de ses coups de reins et de leurs gémissements mêlés qui venaient troubler le calme et la paix de la chambre.

La jouissance explosa en elle avec une force qui l'emporta jusqu'aux cimes du plaisir. Elle eut la sensation d'être suspendue en l'air avant de tomber en chute libre. Elle s'affaissa sur lui, sans force, le corps traversé par une succession de petites vagues de chaleur, et enfouit son visage dans son cou alors que l'orgasme le terrassait à son tour.

Alanguie, elle noua ses bras autour de son cou, sentant ses muscles se contracter autour de son sexe. De minuscules spasmes qui l'étreignaient comme des baisers intimes.

Il n'était peut-être pas encore prêt à le dire, il avait besoin de plus de temps, elle pouvait attendre parce qu'elle l'aimait assez pour deux. Épouser Kamal pouvait apparaître comme une folie, mais rien ne lui semblait plus juste, plus parfait. C'était une évidence.

Il la porta jusqu'à sa chambre et la déposa sur l'immense lit, tira les draps sur elle.

Elle se hissa sur un coude pour le regarder finir de se déshabiller dans le clair de lune puis la rejoindre dans le lit.

— Est-ce que je ne devrais pas retourner dans ma chambre ?

Ils ne passaient jamais toute la nuit ensemble pour ne pas être surpris au réveil par le personnel. Il répondit par un petit grognement et l'attira dans ses bras.

— Non… Tu es à moi, Liah, pour toujours, dit-il avec cette possessivité qui le caractérisait.

Elle posa la tête au creux de son épaule, savourant le poids de ses bras autour d'elle. Elle glissa dans le sommeil, un sourire aux lèvres.

Et tu es mien, Kamal. Même si tu ne l'as pas encore réalisé.

« Je t'aime, Kamal. »

Ces mots chuchotés ne cessaient de résonner dans la tête de Kamal. Il écoutait la respiration de Liah, endormie dans ses bras, les yeux fixés sur les superbes moulures du plafond de la chambre, et tentait d'analyser ses sentiments.

Il n'avait pas cherché de déclaration d'amour et il ne savait pas quoi en faire. Il n'était même pas sûr de la comprendre. Il ne pouvait néanmoins pas nier le profond sentiment de satisfaction qui l'avait envahi en entendant ces mots. C'était plus fort et plus puissant même que le moment où elle avait accepté de l'épouser.

Il fronça les sourcils, le cœur battant si fort qu'il avait l'impression qu'il résonnait comme un tam-tam dans la pièce silencieuse.

Il avait été furieux quand elle avait suggéré de fausses fiançailles pour apaiser son père. Il n'avait pas besoin d'une reine de papier. Il n'avait pas besoin de sa protection ni de sa pitié. Il avait accepté ce subterfuge la mort dans l'âme. Et surtout parce qu'il n'était pas prêt à la laisser partir.

Il ne pouvait pas nier non plus qu'il l'avait trouvée sublime quand elle avait tenu tête à la fois à son père et à lui. Intelligente, courageuse...

Le regard qu'elle avait posé sur ses cicatrices et sur son enfance avait agi comme un baume sur son âme.

En emmenant Liah en Europe, il avait d'abord vu la possibilité d'assouvir ce besoin constant qu'il avait d'elle et qui le consumait. Chaque nuit néanmoins passée dans ses bras ne faisait que nourrir son désir qui se propageait à la vitesse d'un feu de forêt sur de l'herbe sèche. Elle était si réactive à ses caresses, si passionnée.

Il la voulait et mesurait combien sa présence à ses côtés rendait plus facile ses premiers pas dans ce monde nouveau.

Il n'avait aucun goût ni talent pour flatter l'ego des bureaucrates, des politiciens et diplomates de tous poils, ni aucune patience pour arrondir les angles. Il avait observé Liah qui avait montré des trésors de tact et de diplomatie qu'il était plus qu'heureux de lui déléguer. Ils formaient une équipe efficace.

Sa seule présence à ses côtés suffisait à le calmer. Elle l'avait écouté avec intérêt parler de ses projets pour Zokar.

Écouté et encouragé.

Au fil des jours, l'évidence s'était imposée à lui... Il ne pouvait plus se passer de Kaliah Khan. Il la voulait à ses côtés, pour la vie. Il n'avait juste pas eu le courage de lui refaire sa demande, redoutant un nouveau refus... qui l'aurait mis à genoux.

Quand il l'avait entendue parler d'un autre homme avec cette femme, une jalousie féroce l'avait submergé.

Il avait voulu en savoir plus et elle lui avait répondu avec ce tempérament plein de fougue et une sincérité désarmante.

Quand elle lui avait dit qu'elle l'aimait, il s'était senti tout petit, presque choqué.

Il avait eu peur aussi.

Parce qu'à l'instant où il l'avait revendiquée, et où il avait imprimé sa marque sur sa peau, son corps, comme pour sceller leur marché, il avait su qu'il ne pourrait plus la laisser partir...

12

— Papa ? Je suis tellement heureuse que tu appelles. Est-ce que maman et toi avez reçu le faire-part pour notre mariage, ce week-end ? dit Liah, le cœur dans la gorge en entendant la voix de son père au bout du fil.

— Oui, Liah, un messager spécial nous l'a remis, ce matin.

Ses doigts se crispèrent sur le téléphone. La voix de son père lui paraissait si familière et pourtant si lointaine.

Elle s'arrêta devant la fenêtre de sa chambre, laissa ses yeux courir sur la cour du palais, s'attarda sur la fontaine dans la cour.

— Tu as toujours été impulsive, mon cœur, ajouta-t-il, la voix grave. Tu ne trouves pas que tu as pris cette décision sur un coup de tête. N'est-ce pas un peu rapide, même pour toi ?

Elle déglutit, cherchant à faire passer le nœud qui lui serrait la gorge depuis son retour de Londres avec Kamal, deux jours plus tôt.

Elle avait été la première surprise en découvrant que tout était prêt pour que le mariage ait lieu quatre jours plus tard. Elle avait pensé avoir plus de temps devant elle pour s'adapter à la nouvelle situation… beaucoup plus. Elle n'avait fait qu'entrapercevoir Kamal depuis leur retour, elle lui avait à peine parlé, et tout cela ajoutait à son anxiété.

Il lui manquait, la nuit, le jour. Même si elle acceptait la tradition qui leur imposait de rester séparés, elle ne comprenait pas trop cette précipitation pour le mariage.

Elle tentait néanmoins de se raisonner, refusant de céder à la panique. Ce qu'elle ressentait était légitime… après tout, pour une future mariée. Elle s'était engagée avec Kamal quand ils étaient à Londres. Et ses sentiments pour lui n'avaient fait que se renforcer au cours des dernières visites officielles et pendant le voyage du retour.

Kamal était protecteur et possessif et il détestait cette séparation physique forcée tout autant qu'elle.

« Il n'y a rien que je désire plus que de faire de toi ma femme, Kaliah, dès que possible. Ce n'est pas ce que tu veux aussi ? » lui avait-il dit d'une voix vibrante d'émotion, avant de la laisser devant la porte de ses appartements.

Elle n'avait pu qu'acquiescer, parce que c'était ce qu'elle ressentait. Elle ne nourrissait aucun doute sur sa décision. Elle était même impatiente de vivre auprès de Kamal, excitée à l'idée de se mouler dans le rôle de souveraine de Zokar. Elle avait eu toute latitude pour choisir les membres de son cabinet personnel et définir les contours de ses responsabilités et de ses devoirs. De plus, Kamal l'avait informée par l'entremise de son chef de cabinet, qu'il n'avait aucune prétention au trône de Narabie.

Elle se sentit soudain prise dans un conflit de loyauté. Elle ne pouvait pas communiquer à son père ses inquiétudes concernant toute cette précipitation autour du mariage. Ce serait comme trahir Kamal, et le premier chapitre de leur vie ensemble.

— Eh bien, tu me connais, je ne fais pas dans la demi-mesure.

Elle lâcha un petit rire qui sonna faux à son oreille.

— J'espère que tu pourras être là pour la cérémonie. Raif et Kasia ont déjà confirmé leur présence. Ils viennent avec les jumeaux les plus grands. Karim et Orla sont à Zafar en ce moment, ils devraient donc être présents. Dane a dit que Jamilla était malheureusement retenue à Manhattan. Elle a des rendez-vous pour sa fondation caritative qu'elle ne peut malheureusement pas déplacer, ajouta-t-elle en mentionnant le demi-frère de Karim, propriétaire de night-clubs. Mais Dane vient avec leurs jumeaux de trois ans. Tu te rends compte, toutes ces paires de jumeaux dans notre famille.

Elle laissa échapper un rire nerveux un peu trop haut perché.

— Sérieux, tu crois que je devrais m'inquiéter...

— Respire, Liah, la coupa Khan pour arrêter son incontinence verbale.

— Vous venez, n'est-ce pas ? balbutia-t-elle au bord des larmes.

— Bien sûr.

— Oh merci mon Dieu ! William, Kasim et Rohaan aussi ?

Les sanglots s'accumulaient dans sa gorge. Elle avait besoin d'avoir ses frères avec elle dans ce moment. Ils lui manquaient tous tellement.

— Oui, ils viennent aussi.

Elle sentit les larmes monter, sa gorge se serrer. Pourquoi cette fragilité et cette instabilité ? C'était idiot. Elle avait accepté de se marier. Elle aimait Kamal. Mais la pensée de voir ses parents et toute la famille rendait cela réel et bien trop écrasant.

— Tu n'es pas obligée de le faire, si tu n'es pas prête, Liah, reprit son père d'une voix douce.

— ... mais je suis prête.

— Tu en es sûre, ma puce ?

L'accent américain de son père ressortait, plus prononcé comme chaque fois qu'il s'inquiétait pour elle. Elle eut soudain envie de se blottir dans ses bras protecteurs comme elle le faisait enfant. Elle le revit avec ses bras autour d'elle alors qu'elle montait son premier poney et faisait ses premiers tours dans le manège. Il avait fini par la lâcher et lui avait dit de ne pas aller trop vite. Elle n'en avait fait qu'à sa tête bien sûr et avait fini par tomber et se casser le bras. Il avait accouru à ses côtés, l'avait prise sur ses genoux pour la consoler jusqu'à l'arrivée du médecin. Il ne l'avait jamais réprimandée. Sa mère non plus.

Ils l'avaient toujours soutenue, même quand elle prenait une mauvaise décision ou qu'elle se trompait.

Mais elle ne se trompait pas avec Kamal. Ce n'était pas une erreur. Ça ne pouvait pas être une erreur.

— Je sais que le mariage est un prérequis à la cérémonie du couronnement de Kamal, la semaine prochaine, ajouta-t-il. Mais tu ne dois pas dire oui sous la pression, surtout si tu as le moindre doute.

— Pardon, quoi ? dit-elle dans un couinement.

Avait-elle bien entendu ? Elle avait forcément mal compris ?

— Tu n'es pas au courant ?

Son père jura au bout de la ligne. Une nausée lui souleva l'estomac. Kamal lui avait-il menti ? Pourquoi ne lui avait-il pas dit qu'il devait être marié pour accéder au trône ? Était-ce la raison pour laquelle il voulait l'épouser ? Cela éclairait la précipitation autour de ce mariage. Était-ce une union dictée par intérêt ?

Kamal ne lui avait jamais dit qu'il l'aimait.

— Liah, je viens te chercher.

Son inquiétude le rendait irrationnel, mais elle eut le mérite de l'aider à calmer sa propre panique – un peu.

— Il n'est pas question que tu t'unisses à un homme qui n'est pas honnête avec toi sur quelque chose d'aussi fondamen…

— Papa, je le savais, mentit-elle.

Kamal avait forcément une raison pour ne pas lui en avoir parlé. Avait-il craint qu'elle change d'avis en le sachant ?

Mais que faisait-il de la confiance ? Comment pouvait-il

envisager une vie commune sans confiance réciproque ? Ils ne pouvaient pas avoir de secrets l'un pour l'autre.

— Il vaut mieux pour lui qu'il ait été honnête avec toi.

— Écoute, papa, il faut que je te laisse. J'ai encore beaucoup de choses à organiser ici, dit-elle, écourtant la conversation.

Son père ne pouvait rien pour elle. C'était son problème et c'était à elle de le régler.

Elle fourra le téléphone dans la poche de son jean, déterminée à confronter Kamal.

Elle releva le menton avec bravade, réprimant la panique qui lui tordait le ventre et se dirigea de l'autre côté de la cour pour rejoindre les quartiers de son fiancé, où elle n'était pas censée mettre les pieds avant le mariage.

Au diable la tradition !

— Mais il n'est pas nécessaire de renoncer à vos droits sur le trône de Narabie, Votre Majesté. En tant qu'époux de la princesse Kaliah, vous devenez de droit leur souverain et vous êtes en mesure d'unir nos deux royaumes...

— Ça suffit, Uttram, ordonna Kamal.

Il n'était pas étonné de cette intervention du chef du Conseil des Anciens, mais il ne transigerait pas. Il était temps que l'homme en face de lui comprenne qui avait le contrôle.

— Cette discussion est close. Je ne reviendrai pas dessus. Je ne lui prendrai pas son héritage.

Je lui ai déjà bien assez pris.

Uttram le dévisagea, cherchant clairement une autre approche, quand du bruit leur fit tourner la tête vers la porte du bureau.

Sa future femme entra dans la pièce en jean et T-shirt ample qui tombait souplement sur sa silhouette svelte.

Il s'avança à sa rencontre, irrésistiblement attiré. Les deux dernières nuits sans elle avaient été une torture et cela n'avait pas été plus facile, les journées. Ses conseils et son avis lui avaient manqué quand il s'était retrouvé forcé à prendre seul des décisions concernant leur mariage.

— Kaliah, qu'y a-t-il ? s'enquit-il, inquiet.

— Il faut qu'on parle, Kamal.

Elle tourna les yeux vers les aînés derrière lui.

— En privé, ajouta-t-elle fermement.

— Laissez-nous, lança-t-il par-dessus son épaule, incapable de détacher le regard de Kaliah.

La lueur dans ses yeux, mélange de méfiance et d'espoir, l'inquiétait.

Les anciens se dirigèrent vers la porte sans cesser de chuchoter entre eux. Uttram s'arrêta près de lui.

— Votre Majesté, ce n'est pas approprié que vous parliez...

— Laissez-nous ! répéta-t-il avec impatience.

L'homme s'inclina obséquieusement avant de se diriger vers la porte qu'il referma sur lui. Un silence lourd et embarrassé s'abattit sur eux. Il l'attira contre lui, percevant sa respiration hachée, et inspira son parfum comme pour effacer le manque des deux derniers jours. Elle avait pris une telle importance dans sa vie en si peu de temps qu'il avait le sentiment qu'elle s'était insinuée sous sa peau.

Elle se dégagea de son étreinte, recula de quelques pas et croisa les bras.

— Pourquoi est-ce que tu ne m'as pas dit que tu avais besoin de te marier pour monter sur le trône ?

Il se raidit, enfonça les mains dans ses poches, alors que la mauvaise conscience et l'embarras le rattrapaient par le col.

— Parce que ce n'est pas important.

Elle fronça les sourcils.

— C'est n'importe quoi, Kamal. Bien sûr que c'est important, puisque la cérémonie a lieu ce week-end et pas dans six mois. Admets-le.

— Ce n'est pas important, parce que ce que je veux, c'est

me marier avec toi, couronnement ou pas. Tu es la reine faite pour moi et que je veux.

Le trouble qu'elle ressentait se transforma en franche consternation.

— La reine faite pour toi ? insista-t-elle, l'interrogeant du regard. Et la femme ?

Cette question au moins, il pouvait y répondre. Un sourire étira ses lèvres.

— Tu es la femme que je désire, susurra-t-il en la reprenant dans ses bras. Tu veux que je te le prouve ?

Elle reprit son souffle comme si elle l'avait retenu, le regard sombre. Il inclina la tête et pressa ses lèvres dans son cou.

— Arrête, Kamal, lâcha-t-elle en plaquant ses paumes de mains contre son torse pour le repousser. Je ne te parle pas de sexe, mais d'amour.

Il la lâcha brusquement, submergé par toute l'attente et l'espoir qu'il voyait briller dans ses yeux.

Il ne pouvait pas parler de ça – pas maintenant, pas encore. Aucune de ses réponses ne la satisferait. Il ne voulait pas lui mentir ni lui faire de fausses promesses.

— Dis-moi ce que tu ressens vraiment pour moi ? Pour moi, Kamal. Je veux savoir si tu as des sentiments pour moi. Si tu m'aimes de la façon dont je t'aime.

Elle avait parlé d'une voix monocorde mais, à la détermination dans ses yeux, il comprit qu'il ne pourrait pas esquiver la réalité. Il recula, prit appui contre son bureau, les mains dans ses poches et l'observa. Son visage magnifique était si expressif, si confiant. C'était une des choses qu'il adorait chez elle. Mais à cet instant, ce mélange dévastateur d'espoir et de peur le déchirait.

— Ce n'est pas une question piège, Kamal. Pourquoi est-ce si dur pour toi d'y répondre ?

Il soutint son regard intense qui attendait quelque chose qu'il ne pouvait pas lui donner.

La petite voix de la survie, celle qui l'avait poussé toute son enfance à faire et à dire ce qu'il fallait, pour réussir et atteindre ses buts… mais les mots restèrent bloqués dans sa gorge.

Il avait déjà menti par le passé pour obtenir ce qu'il voulait… Mais il ne pouvait pas lui mentir, pas plus qu'il ne pouvait contenir la douleur qu'il ressentait en percevant sa détresse.

— Tu es romantique, Kaliah, dit-il doucement. Mais l'amour, ce n'est qu'un mot. Cela n'a pas de réalité concrète pour moi, je n'en ai pas besoin pour vivre. L'engagement est tout ce qui compte. L'engagement et l'honnêteté.

Il lui caressa la joue, posa la main sur son épaule, traversé par le besoin viscéral de la toucher et de se connecter à elle.

— Je veux que tu sois ma femme, ma reine. Je veux que tu portes mes enfants. Que tu règnes à mes côtés. N'est-ce pas suffisant ?

— Je vois, souffla-t-elle à voix basse. Je te remercie pour ton honnêteté.

Sa réponse mesurée aurait dû le soulager et le satisfaire, mais la douleur dans son torse ne relâchait pourtant pas sa prise.

Elle battit des paupières, les larmes aux yeux.

Il lutta contre le besoin impérieux de la prendre dans ses bras, de lui faire l'amour et de lui chuchoter tout ce qu'elle voulait entendre pour qu'elle lui dise encore qu'elle l'aimait. Mais il était préférable qu'elle soit avertie de ce dont il était capable ou pas et qu'elle le choisisse en toute connaissance de cause.

Elle essuya une larme et à l'instant où elle s'éloigna de lui, tout son être se fendilla… ravagé par la sensation diffuse de perte irrémédiable.

Il passa la nuit à se passer et repasser dans la tête les mots de Liah. Il essayait de les décortiquer, s'efforçant de ne pas tomber dans la sensiblerie, mais son expression défaite et le chagrin dans ses yeux le hantaient et l'empêchaient de dormir.

Son monde s'effondra comme un fragile château de cartes le lendemain matin quand l'un de ses conseillers surgit pour l'informer que la princesse héritière avait quitté Zokar en pleine nuit avec l'aide d'un membre du personnel. Ce dernier lui tendit un papier.

Je suis désolée, Kamal. Je ne peux pas me marier avec toi en sachant qu'il n'y a aucun espoir que tu m'aimes un jour. L'amour n'est pas juste un mot. Pas pour moi.

J'espère que tu ne perdras pas ton trône à cause de ma décision, parce que je sais combien tu feras un bon roi. Kaliah xx

Une douleur indicible proche de l'agonie le submergea comme si on lui ouvrait la poitrine. Comment avait-elle pu le laisser ? Elle disait l'aimer et elle l'abandonnait au pied du trône ? Il écrasa le morceau de papier entre ses doigts et le balança à travers la pièce.

La rage reflua aussi vite qu'elle était montée. Seule restait cette agonie qui lui déchirait les entrailles et le laissait à vif, tremblant et… vaincu, pour la première fois de sa vie.

Il avait tout perdu… et il ignorait comment tout récupérer.

13

— Je l'aime, mais ce n'est pas réciproque. Il ne veut pas m'aimer...

Liah s'essuya les yeux et ses joues irritées à force d'avoir pleuré toutes les larmes de son corps depuis son retour. Elle sentit les bras de sa mère, assise avec elle sur la banquette de son bureau, se resserrer autour d'elle.

Avec l'aide de Maya, sa femme de chambre, elle avait récupéré les clés d'un SUV et avait quitté Zokar en pleine nuit. Après avoir roulé huit heures dans le désert, elle était arrivée au palais, physiquement épuisée et le cœur en miettes.

Quelle idiote elle avait été de croire qu'il avait des sentiments pour elle, qu'il voulait l'épouser par amour et pas pour conserver son trône ! Elle avait eu tellement d'espoirs qu'elle s'était cramponnée un moment à ses illusions, se disant qu'elle avait mal compris, qu'il n'avait pas voulu dire ça. Elle lui avait cherché des excuses, aussi.

Elle était tombée de haut.

Seize heures s'étaient écoulées depuis son retour chez elle au palais et son cœur lui faisait toujours aussi mal.

— Tu es très romantique, Kaliah. Chuut, ma puce, respire. Calme-toi, la consola sa mère, le nez dans ses cheveux.

Elle tenta de reprendre son souffle, le corps secoué de sanglots qui lui déchiraient la poitrine et la gorge. Elle inspira profondément, inhalant le parfum maternel.

Les sanglots finirent par s'espacer, puis mourir sur ses lèvres en hoquets.

— Dis-moi exactement ce qu'il t'a dit, ma puce.

— I-il… i-il a dit que l'amour n'était qu'un mot. Qu-que cela ne voulait rien dire. Qu-qu'il voulait juste une épouse, une reine, une mère pour ses enfants.

Elle s'arracha aux bras de sa mère sous le coup d'une indignation et se redressa.

— Tu imagines ? I-il m'a p-prise pour une pouliche reproductrice royale ? Sérieusement, maman, tu imagines si papa t'avait sorti un truc pareil. C'est si cruel et machiste.

Sa mère esquissa un sourire qui lui parut étrangement sibyllin. Kamal lui avait brisé le cœur et sa mère trouvait ça amusant ?

— En fait, ma puce, ça ressemble à ce que ton père m'a dit quand il a exigé que je l'épouse.

Liah cligna des yeux, abasourdie.

— Il a exigé ? Non ? Tu me fais marcher.

Sa mère exagérait forcément. Ou bien elle essayait juste de lui remonter le moral, mais elle n'y allait pas par quatre chemins !

Ses parents avaient fait un mariage d'amour et ils formaient une merveilleuse équipe. Tout le monde le disait. Et elle en avait été le témoin. Il leur arrivait de se disputer et cela pouvait même chauffer parfois parce qu'ils avaient tous les deux un fort caractère, mais jamais ils ne se blesseraient intentionnellement.

Catherine écarta quelques mèches de cheveux mouillées de larmes du visage de sa fille, posa sa main sur sa joue, et lui sourit.

— Si je suis honnête, je dois avouer que l'on s'est mariés parce que j'étais enceinte de toi.

— Q-quoi ? Mais… c'est… c'est impossible. Vous vous adorez tous les deux.

— On ne s'est pas toujours adorés, Kaliah. On ne s'est pas toujours compris non plus. En vérité, cela n'a pas toujours été un long fleuve tranquille. Nous avons même eu de nombreux hauts et bas, les premières années.

Son ton se fit nostalgique, alors qu'elle évoquait le passé et faisait comme si elle racontait une anecdote amusante – et qu'elle n'était pas en train de réécrire tout un pan de son enfance.

— En fait, j'ai été tellement fâchée contre lui, que je me suis enfuie aussi. Mais je pouvais lui faire tous les reproches du monde, je savais que c'était un homme bien.

— Mais... un mariage forcé, maman ?

— Oh ! il n'était pas forcé, disons plutôt qu'il a été opportun, dit Catherine en lui touchant le bras, un sourire en coin. Et ton père a toujours été très sexy, et très persuasif.

— Beurk, maman, arrête ! Je ne vais plus pouvoir extirper cette image de ma tête !Tu t'es mariée à cause de moi ! Je ne sais pas comment tu as fait, s'enquit-elle, la curiosité piquée.

— D'abord, on a appris à se connaître. J'ai par exemple découvert l'étendue des maltraitances qu'il a subies, ajouta Catherine, la mine grave. Et qui sont à l'origine de tous les murs qu'il avait dressés autour de son cœur.

Liah n'avait pas connu son grand-père, il était mort avant sa naissance et son père n'évoquait jamais l'ancien cheikh de Narabie, mais elle savait qu'il avait été un souverain cruel et un père déplorable – il avait enlevé Zane à sa mère à Los Angeles et l'avait ramené à Narabie lorsqu'il était adolescent puis avait renié Raif, son fils illégitime, dont la mère, une concubine, était morte en couches.

— C'est tellement triste.

— Ça l'est, mais l'important, c'est que nous avons réussi à surmonter les difficultés.

Le rire mélodieux de sa mère s'enroula autour de son cœur

meurtri. Elle posa sa main sur celle de Liah, lui caressa la peau du pouce.

— Les gens peuvent cicatriser, Liah, encore faut-il qu'ils y soient prêts, qu'ils aient les outils, l'espace et le temps pour le faire.

Liah croisa le regard de sa mère, gagnée par la culpabilité. Avait-elle surréagi, aveuglée par son romantisme ? Avait-elle trop attendu de Kamal ? Elle s'était enfuie sans se soucier des conséquences pour lui. Elle avait pensé qu'il la jugeait, qu'il ne voyait en elle qu'une héritière, mais elle ne lui avait pas laissé le bénéfice du doute, faisant comme si ce qu'il avait vécu dans son enfance n'avait pas de répercussions sur ses réactions. Elle ne pouvait pas faire comme si elle ne savait pas.

— Kamal me fait penser à ton père, dit-elle d'une voix douce. Je ne suis pas en train de te dire que tu devrais l'épouser, et sûrement pas pour l'aider à conserver la couronne. Il a eu tort de ne pas tout te dire. Il t'a déçue et ne t'a pas dit les mots que tu voulais entendre, mais il est clair que tu l'aimes toujours... Es-tu prête à faire une croix sur lui ? Ou est-ce que tu as envie de vous donner une chance ? Il faut faire des efforts, des compromis, avoir envie que le couple fonctionne. C'est la recette des unions qui durent.

Catherine soupira.

— L'amour est un grand mot. Kamal n'a pas tout à fait tort. C'est plutôt ce que cela implique, les compromis et les efforts que l'on fait tous les jours pour que le couple marche. Le nombre de fois où j'ai voulu étrangler ton père... quand il ne veut rien entendre, quand il s'obstine ou se mure dans le silence... mais je me suis accrochée. Et Zane aussi de son côté.

— Mais je ne suis pas sûre qu'il le veuille. Il m'a dit qu'il n'avait pas besoin d'amour.

Catherine hocha la tête.

— Je pense qu'il est terrifié.

— Kamal ? Tu plaisantes ? Il est encore plus autoritaire et intimidant que papa. Je crois qu'il n'a peur de rien.

— Tu en es certaine ?

La question de sa mère résonna étrangement en elle. Elle revit la honte dans les yeux de Kamal quand elle l'avait interrogé sur ses cicatrices. C'était celle du petit garçon, celui à qui on avait répété dès le plus jeune âge qu'il serait toujours seul, qu'il n'était pas digne d'être aimé. Et si sa mère avait raison ? Ce n'est pas qu'il ne pouvait pas l'aimer… il était juste terrifié à l'idée d'aimer quelqu'un et de croire qu'on pouvait l'aimer.

— Oh ! non, j'ai peut-être fait une terrible erreur, chuchota-t-elle.

Sa tante Kasia, princesse des Kholadis, pénétra à cet instant dans la chambre, tenant la main de Khalid et Sami, ses jumeaux de deux ans.

— Liah, il faut que tu ailles dans le bureau de ton père. Un homme vient d'arriver en hélico. Il te cherche et Zane a le plus grand mal à le contenir et à l'empêcher de charger à travers le palais.

— Kamal ? murmura-t-elle, le cœur se soulevant et remontant le long de son larynx.

— S'il fait un bon mètre quatre-vingt-dix, et qu'il dégage la même intensité intimidante que mon mari quand je lui annonce que je suis à nouveau enceinte, alors c'est lui, répliqua Kasia avec un sourire amusé.

C'était la blague qui revenait dans la famille, comme Kasia et Raif avaient eu trois paires de jumeaux.

Liah passa en trombe devant sa tante et ses cousins et fonça vers le bureau de son père, se guidant aux éclats de voix.

Après avoir joué des coudes pour se frayer une voie jusqu'à la porte où s'étaient massés des membres du personnel, elle entra dans la pièce, suivie par sa mère, et vit Kamal et son père s'affronter du regard.

Elle avait cru ne jamais le revoir. Et c'était peut-être cette pensée qui était la plus douloureuse, songea-t-elle en le couvant des yeux.

Il affrontait son père du regard, la posture raide et intimidante dans ses tuniques.

— Kamal ? murmura-t-elle, le souffle court et bêtement euphorique.

Il se tourna vers elle, le regard brillant, les traits tirés et éprouvés.

— Kaliah, tu dois revenir.

— Tu ne vas pas faire une telle bêtise, Liah, intervint son père. Ce type n'a aucun droit...

— Papa ! le coupa-t-elle fermement sans détacher les yeux de Kamal.

— Qu'est-ce que... ?

— Papa, s'il te plaît, ce ne sont pas tes affaires, le coupa-t-elle. Kamal et moi avons besoin de parler en privé.

— Ça ne me regarde pas ? Il t'a fait pleurer, s'insurgea son père.

— Je sais, papa, mais je peux gérer ça.

Son regard passa de Kamal à sa fille. Il était visiblement peu disposé à les laisser seuls. Sa mère s'approcha de lui, lui prit le bras.

— Lâche l'affaire, Zane, murmura-t-elle, en l'embrassant sur la mâchoire tout en l'entraînant vers la porte. Ce n'est plus notre bébé. C'est une grande fille. Et elle gère.

Elle entendit la porte se refermer sur ses parents, la gorge serrée.

Kamal s'avança, s'arrêtant à un souffle d'elle, et lui caressa la joue de son pouce.

— Je suis désolé, Kaliah. Je ne voulais pas te faire pleurer.

Elle cilla, émue par la simplicité de ses mots.

— Je sais.

— Pourquoi est-ce que tu es partie comme ça, loin de moi ?

— Je ne peux pas revenir, Kamal. Je ne le ferai pas. Pas tant que tu ne me donneras pas une bonne raison.

Il jura entre ses dents, passa une main impatiente dans ses cheveux. Elle vit la lueur de frustration, de colère et de peur dans son regard. C'était si clair. C'était là, sous ses yeux, tout ce temps. Comment avait-elle pu passer à côté ?

Il traversa la pièce jusqu'à la fenêtre en arc, le regard posé sur les jardins du palais royal et les hauts murs baignés de soleil, croisa les mains dans le dos.

Son corps irradiait la tension. Il reprit la parole d'une voix monocorde, laissant deviner la bataille intérieure qu'il se livrait.

— Tu m'as demandé de t'aimer, mais je ne sais pas ce que cela veut dire.

Kamal avait la sensation d'avoir le cœur au bord des lèvres et il était surpris de ne pas avoir encore vomi ses tripes sur le tapis afghan hors de prix de Zane Khan.

— Mon premier souvenir... avant Hamid, avant l'orphelinat... est celui d'un homme qui m'a laissé sur les marches du foyer, dit-il, la gorge douloureusement serrée. Je suppose que c'était mon père. Mais il ne devait pas ressentir beaucoup d'amour pour moi puisqu'il n'est jamais revenu me chercher.

Avait-il fait quelque chose de mal ? Il aurait pu se rattraper, être plus sage, plus gentil, si seulement son père lui avait laissé une chance.

Il n'avait jamais pleuré, pas depuis qu'il l'avait supplié de ne pas le laisser. Toutes les larmes du monde ne pouvaient changer ce qui était.

Il l'entendit bouger dans son dos et se préparait à la douleur inévitable qu'elle allait lui causer en le laissant à nouveau. Elle enroula ses bras autour de sa taille et pressa sa joue contre son dos. Son corps s'affaissa imperceptiblement sous le poids du soulagement.

— Ça va, Kamal. Tu n'as pas à comprendre l'amour. Tu n'as même pas à me dire que tu m'aimes. J'ai juste besoin de savoir que tu as besoin de moi, que tu me le dises pour commencer. Si nous le voulons, nous arriverons à faire fonctionner notre couple.

Il se tourna vers elle et lui prit les bras pour la regarder dans les yeux. Ses larmes le déchirèrent.

— C'est tout ce que tu veux ? Comment est-ce que ça pourrait te suffire ?

Il voulait la croire, brûlait d'envie de la soulever et de l'emporter dans la première chambre pour la faire sienne pour l'éternité. Mais comment pourrait-elle se contenter de si peu quand elle lui avait déjà tant donné ?

Elle posa une main sur sa joue, un petit sourire flottant sur ses lèvres.

— Parce que je t'aime, Kamal. J'aime ta force, ton arrogance et ta détermination à me protéger. Et tes fragilités quand tu veux bien me les montrer.

Il posa sa paume sur sa main comme pour absorber sa chaleur, et les mots qu'elle prononçait perçaient son cœur d'où s'échappaient à gros bouillons la peur et le désarroi.

Elle pensait tout ce qu'elle disait. Il le sentait de toutes les fibres de son corps.

Il n'avait aucune idée de ce qu'il avait fait pour la mériter, mais il allait arrêter de se demander pourquoi et de questionner sa chance.

— Et je pense que tu m'aimes aussi, ajouta-t-elle avec assurance. Tu ne l'as pas encore réalisé, c'est tout.

Son cœur se souleva, soudain trop gros pour sa cage thoracique. Il l'enlaça, la soulevant du sol, et l'embrassa à pleine bouche. Un baiser chargé de promesses.

Ils prolongèrent ce baiser jusqu'à ce qu'ils n'aient plus de souffle. Elle s'écarta de lui, lui prit la main.

— Il faut que l'on retourne à Zokar au plus vite, dit-elle, en le tirant vers la porte. Nous avons un mariage à organiser et on manque de temps.

Il sourit, les pieds collés au sol, amusé par sa réaction.

— Pas besoin. Le mariage est annulé.

Elle haussa les sourcils.

— Quoi ? Mais la cérémonie de couronnement ? Oh ! mon Dieu...

Elle le tira plus fort par la main, cherchant à le faire bouger.

— Kamal, ne fais pas l'idiot. Pour l'amour du ciel, nous devons annuler l'annulation du mariage. Tout de suite.

— Chuut, Kaliah...

Il se mit à rire. Seigneur, il l'adorait ! Elle le soutiendrait toujours. Comment avait-il fait pour ne pas comprendre combien il avait besoin de ce soutien ?

— Tout est OK. On ne va pas annuler l'annulation.

— Mais les anciens ? La loi ? Tu dois être marié...

— Non, je ne suis obligé à rien, la coupa-t-il en avançant le nez pour sentir son parfum.

— Si les anciens décident de mettre un autre homme sur le trône de Zokar pour un point de détail technique, libre à eux.

— Tu ne le penses pas ! s'écria-t-elle, affolée.

— Oh si. J'arrête de me plier à leurs exigences. Tu es trop importante pour moi et je n'ai aucune intention de te sacrifier ni de précipiter notre mariage si tu n'es pas prête.

— Mais je suis prête. Vraiment, totalement. Que ce soit dans quelques jours ou dans quelques semaines, cela ne change rien pour nous, sauf que toi, tu peux perdre...

Il posa son index sur sa bouche pour la faire taire.

— Tu ne comprends pas, n'est-ce pas ? Ça n'a jamais été pour ça.

Il soupira, soulagé de pouvoir enfin être honnête avec lui-même et avec Liah.

— J'étais pressé de t'épouser parce que j'étais terrifié à l'idée de te perdre. Cette histoire de mariage précipité m'a bien arrangé.

Il haussa les épaules.

— S'ils sont assez bêtes pour m'écarter du trône, tant pis pour eux. Parce que je suis de loin le meilleur candidat.

— Exact, dit-elle en esquissant un sourire en coin. Et tu as trouvé la meilleure pour être leur souveraine.

— Exact.

Il l'attira contre lui avec un large sourire et l'embrassa.

Peut-être les aînés verraient-ils en eux de bons souverains… ou peut-être pas.

Elle enfonça les doigts dans ses cheveux et s'abandonna à ses lèvres. Une joie brute explosa dans sa poitrine, irradiant tout son être.

Le seul royaume où il voulait régner maintenant et pour toujours était le cœur de Kaliah.

Épilogue

— Tu as été extraordinaire aujourd'hui, Kaliah. Je suis tellement heureux et fier de t'avoir à mes côtés.

Liah laissa échapper un soupir de contentement en sentant les bras de Kamal s'enrouler autour de sa taille et ses lèvres effleurer sa nuque.

Elle posa ses mains sur les siennes, le cœur battant la chamade comme il l'avait fait toute la journée – depuis le moment où elle s'était tenue devant tous les gens, nombreux, qu'elle aimait et respectait et avait juré fidélité à cet homme fort et solide et à son royaume. Comme il l'avait fait quand était venu son tour.

Elle promena son regard sur les jardins enchantés de son enfance.

Un sourire étira ses lèvres. Leur cérémonie de mariage venait conclure cinq journées de festivités qui avaient commencé à Zokar. Ils avaient officialisé leur union et consacré celle de leurs deux royaumes. Elle avait pris place aux côtés de Kamal sur le trône et il avait été déclaré prince héritier du trône de Narabie.

Les préparatifs avaient duré plus de six mois. C'était le temps qu'il lui avait fallu pour le convaincre. Elle avait dû lui faire comprendre qu'elle n'avait aucune envie de diriger Narabie sans lui, quand viendrait le moment, un jour…

Il la fit pivoter vers lui.

— À quoi penses-tu ?

Elle sourit et prit son visage entre ses mains, électrisée par le contact râpeux de son début de barbe contre ses paumes.

— Que je suis fière de t'avoir pour mari, tellement fière que c'en est presque ridicule, dit-elle en se hissant sur la pointe des pieds pour l'embrasser.

Il lui agrippa la taille et lui rendit son baiser.

— Parfait, parce que je brûle d'envie de te retirer cette robe comme je l'ai fait toute la soirée dans ma tête, déclara-t-il d'un ton possessif.

Elle éclata de rire et il la souleva dans ses bras pour l'emmener dans leur chambre. Il la reposa près du lit, ses doigts courant déjà sur sa robe brodée de perles. Elle lui prit les mains pour l'arrêter.

Le désir et l'excitation mêlée d'impatience pulsaient dans ses veines. Cinq longues journées qu'elle attendait le moment de le lui annoncer. Elle n'avait jamais trouvé le moment propice.

Elle n'avait pas voulu le faire entre deux portes. Peut-être attendait-elle inconsciemment d'être au palais royal, dans la maison de son enfance.

— Attends, Kamal.

— Quoi ? Pourquoi ?

Elle ravala un sourire, espérant au fond d'elle qu'il la regarderait toujours avec cette même intensité...

— Il faut que je te dise quelque chose avant...

Il essuya du pouce une larme qui roulait sur sa joue.

— Qu'est-ce qu'il y a, Kaliah ?

Elle déglutit, la gorge nouée par l'émotion.

Elle pensait à ce moment depuis cinq jours – ce qu'elle allait dire et comment elle allait lui dire – mais tout ce qu'elle avait imaginé lui apparut soudain trop pompeux.

— Quel que soit le problème, nous trouverons ensemble une solution, dit-il en lui caressant la joue.

Elle vit le trouble, la détermination se refléter sur son visage. Et tellement d'amour.

— Liah, allez, dis. Tu commences à me faire peur.

— Je suis enceinte ! lâcha-t-elle tout à trac.

Il écarquilla les yeux, les posa sur son ventre.

— Tu... ? Tu portes notre enfant ?

— Je l'ai découvert lundi. Je me suis demandé comment c'était possible avec ma contraception. Et puis je me suis souvenu de l'intoxication alimentaire qui m'a mise à plat le mois dernier... Ce n'était pas du tout dans nos plans immédiats et je sais que cela tombe mal avec toutes nos nouvelles responsabilités. Il y a aussi notre visite d'État aux États-Unis...

— Chuut...

Il se laissa tomber sur les genoux et enroula ses bras autour de ses hanches, pressa sa joue contre son ventre.

Elle enfonça les doigts dans ses cheveux, submergée par l'émotion.

— Est-ce que ça va ?

Il finit par lever les yeux vers elle.

— Oui, tout est mieux que bien.

Il se releva et la souleva de terre pour la faire tourner dans ses bras.

Leurs éclats de rire s'entremêlèrent, se répercutant autour d'eux dans la pièce. Lorsqu'il la reposa au sol... la joie se propageait dans son cœur comme un feu de Bengale.

Vous avez aimé ce roman ? Retrouvez en numérique
la puissante famille Khan :

1. *Le bébé de Narabie*
2. *Son cavalier du désert*
3. *Les noces d'un cheikh*
4. *Le patron du désert*
5. *La rebelle des sables*